追憶　松本かつぢ画

白《しろ》鸚《おう》鵡《む》

吉屋信子

文遊社

目次

さすらいの巻 5
悪魔の巻 20
追憶の巻 36
永別の巻 47
あらしの巻 65
母の巻 87
すくいの巻 121
新生の巻 142
巷の巻 148
入学の巻 162
学校の巻 187
少年の巻 199
高子の巻 208

めぐりあいの巻　230
逝《ゆ》く子の巻　248
なげきの巻　252
祖父母の巻　269
父の巻　274
挽歌の巻　284
聖夜の巻　291

解説　白鸚鵡と二人の少女の物語　黒澤亜里子　299

読者のみなさまに

この作品はわたしが中華民国に旅行して、あの国にある風俗や女性の美しさを知ったときの幻想を土台にして書きました。

いま、あの戦争によって日本もいたみ、かつてわたしがいくどか旅した古い東洋文化の華咲いた中華民国もあらしのなかにあります。

けれども（花宝玉《ボアボオイユ》）と名づけた美しい支那服の少女と（白蘭花《バレエホ》）と名づけた全身雪のごとき羽をもつ美しい白鸚鵡によせた作者の愛情は年月へたいまも、なお多くの少女に読まれてこの本が十数度版をかさねていること、うれしくてなりません。きっと作中の白鸚鵡の白蘭花《バレエホ》もありがとうということでしょう。

吉屋信子

さすらいの巻

青森発上野行きの列車が十二月すえの冬の深夜のちんもくをやぶって走っている。その三等車の一隅に支那服の美しい少女が乗っていた。

彼女は中国人か日本人かわからないが、黒くふさふさとした髪を断髪にして、白い額へすこし毛をきりさげている。瞳はすずしくりりしい、色はややあお白いのを気にして、頬紅をさしているのか、灯《ともしび》の色にうるわしい顔立ちがくっきりと浮いている。ちいさな海棠《かいどう》のつぼみのような唇にも、中国ふうに濃く玉虫色の紅がひかっている、光るのは口紅ばかりではない、彼女のしなやかな指さきに、十八カロットも重量のありそうな、大粒のガーネットの玉が真紅にひかっている、車内のうすら寒そうな電燈の光にあざやかに浮くのはこの少女の姿である。紅地にぼたんの花を浮きおりにした、緋繻子《ひじゅす》の中国の衣裳《イイシャン》に、純黒の紋緞子《もんどんす》のみじかいクウツをはいて、その下に細ながい脚を、黒の絹靴下にすっきりと見せて、かかとの高い黒キットの靴をはいている。

冬の夜汽車のこととて、じみな外套やえり巻きでさむげに人々はかがんでいる車内に不似合いなほど、はなやかなこの少女は、沙漠に咲いた花のような感じだった。

その少女のとなりの席はあいていたが、その向かい合わせの席に、ふたりの田舎者らしい老人夫婦がいた。白ひげの顔をうめたおじいさんが、ふるびたオーバコートを着こんで、ほこりで汚れている色あせた山高帽をかむって、泥だらけの長靴、そのとなりのおばあさんは、明治初年に買ったようなふるいコートをながく足まで着こんで、手製の黒い毛糸のえり巻きを首にまきつけている、このむさくるしい老人ふたりが、はなやかな支那服の少女のまえに乗りこんでいる光景は、ずいぶんおかしな対照《コントラスト》だった。

車中の人は、みなその少女のすがたをもの珍らしそうに見つめている。

その少女はひとり旅らしい、まえの座席の老夫婦も、けっして少女の連れではなかった、それはその少女と老夫婦が、一言もまだ口もきかないのでわかる、少女の座席のすぐ上の、網棚のうえに、一つの大きなバスケットがおいてある、そのそばに赤いラシャのマントが、ぱっとむぞうさにうち投げてある――いわずとも、それは少女の持物にちがいなく、そのバスケットは、また少女のたった一つの荷物であろう。

少女はだまりこくってうつむいている、年齢のころは十四か五――その年齢にはませた眼の落ちついた利発さのかげに、どこかうらさびしげな色を秘めている。

列車が宇都宮ちかくさしかかったころ、車掌が乗客の切符をしらべにきた。

乗客は、みな切符をだして検札を受けた、車掌はじゅんじゅんにまわってきて、やがてその支那服の少女のまえに立った。

「切符を拝見します」

車掌がいうと少女はあわてて立ちあがって、網棚の上に手をさしのべた、彼女の右手の指さきにちらと深紅のガーネットの玉が光る……。

少女は、あの赤いマントを持ちおろしたのである。その赤いマントのうらは、これはまたどうしたことかじみなまっ黒な繻子である、表がはなやかな赤だったら、裏地はやはりそれにふさわしい花もようか、サラサ地の絹でもつければいいのに、ずいぶんへんなマントである。

少女は、マントのその純黒の裏をくるっと振りまわすと、たちまち彼女の掌に赤い三等切符がひらりとおちた。

あたかも、マントの裏のどこかに、秘密のかくしポケットでもあるように――。

車掌が検札の印を押して切符を少女にかえすと、彼女はまた赤いマントの裏のどこかへ、ちょっとたくみにかくしてしまう、そして背のびしてマントを網棚へ投げあげたとき、マントは勢いよくひらっと開いて、あの大きいバスケットにひっかかり、そのはずみでバスケットはさかしまに落ちてしまった。「あっ」と少女が両手でしかと受けとめたが、そのせつな――ふしぎ、なんというふしぎ！

バスケットのなかから妙なかわいい声がひびいた。

「花宝玉《ボアボオイユ》！」

その声音がひびく――と行きかけた車掌がびっくりして少女をふりかえり、バスケットのなかをきっと見た、かれの眼は職務に忠実なするどい光をしめした。

「なんです、いまの声は？」

少女に車掌は問うた。

「わたしのかわいい妹の声ですわ！」

少女は平気でにこにこして車掌にこたえた。

「えっ、あなたの妹？」

車掌はぎょうてんして立ちどまった。

少女はしかし落ち着きはらってふたたびバスケットをマントでくるみ、網棚の上にのせようとした。

「その妹はどこにいますか？」

車掌はあきれつつ問うた。

「ここのなかにいますわ」

少女は手にしたバスケットを指さして、無邪気ににっこりとほおえんだ。

そのこえにおどろいたのは、ひとり車掌のみではない、車中のひとびとみな顔色をかえて、その少女とバスケットに眼をそそいだ。そのはずである、妹をバスケットに押し込んで、乗り込んだだいたんな少女がいたとしたら、まったくきょうの夕刊に大きなみだしで特報されるほど、めずらしい事件にそういないもの。

車掌はおどろきに手をふるわして、少女の手からバスケットをうばい取り、あわててそのふたを開けると――バサバサと羽ばたきの音を立ててひらりと飛び出たのは、全身雪のような純白の羽をもつ美しい白鸚鵡《しろおうむ》一羽、――一つ輪を描いて羽をふわりひろげたが、

「白蘭花《バレエホ》！　きゅうくつだったの――」

と、少女に声をかけられると、ぴたりと少女の手にとまった。

「けしからん、妹じゃない、鸚鵡じゃありませんか！」

車掌はぷりぷり腹をたてた。

「あら、ごめんなさい、だってこの鸚鵡はわたしのだいじな妹のつもりなんですもの――」

そのかわいい答えに、思わず笑い声をたてたのは、少女のまえに腰かけていた、あの田舎者らしい風采の老夫婦である、けれども車掌はにが虫をかみつぶしたような表情で――

「鳥類や犬や猫を、汽車ではこぶときは、規定の料金を支払うはずです、こんなバスケットのなかへこっそりかくして持ちこんでは罰金をとりますよッ！」

と、少女をにらめて叱りとばした。

「あら、わたしどうしましょう、そんな規則知らなかったんですもの……それに、こっそりバスケットへかくしていれてきたんじゃありませんわ、わたしバスケットへいれるお荷物――着物もなにもないから、かわりに妹の鳥籠にしたんですわ――」

少女は泣きだしそうな顔をした。

「規則を知らないからって、そのままにはすまされません、規則違反の罰金と、その鸚鵡の運賃をだしてもらいます」

車掌はきびしくこういいわたして、制服のポケットから手帳と鉛筆を取りだして、罰金や運賃を計算しはじめた。

「あら、どうしましょう――わたしあのウ――たくさんお金をもっていないんですもの……」

少女は泣きだしそうな顔をした。

そのときあの田舎者らしい老人が立ちあがって、車掌に向かい、

「その金はわたしがはらってあげることにしましょう」

といいつつ、ふところへ手をさしいれて、きたないボロボロの財布を取りだした。

車掌は、気の毒そうに少女と、その老人の顔を見てこまっていた。

「わたし、あの申しわけございませんわ、見ず知らずの方に――お金をだしていただいたりしては……」

少女はまっ赤になってもじもじした。

「なに心配することはありません、人はだれでもこまるときは、おたがいに助け合うのがあたりまえです」

老人はそういった時、かの風采の田舎めいてそまつなのにも似合わず、その顔に慈愛ぶかい、気高い表情があらわれたのである。車掌はじっとその老人の顔をうちながめていたが、やがて決心したらしくいいだした。

「よろしい、おふたりともご安心なさい、規則はあくまで鉄道の規則ですから、その規則をやぶるわけにはまいりませんが、ぼくが個人として、いちじその罰金も運賃も、ぼくの俸給から差し引いてもらうことにして、立て替えておきます」

車掌はきっぱりといった、かれはまだ年若き青年で、二十二、三歳であろう、背高く引きしまった陽にやけた顔の眉はこく、眼はかしこげに輝いて、りりしいが、ことばは落ちついてやさしく、口もとに思いやりの深い、心持をあらわす微笑をさえかすかに浮かべたのであった。

「ふーむ」

老人は、車掌の顔をうち見てうなずいた。

「わかりましたぞ、ではいっさいあなたにお願いしましょう」

青年車掌は一枚の紙片を老人にわたした。

「これは上野駅で鸚鵡をお受け取りになる引替証ですから、だいじに保存しておいてください、この小さいお嬢さんがもし紛失なさるといけませんから、あなたにおあずけしておきましょう、ひとり旅のお嬢さんですから、お世話してあげてください」

車掌はこういって、鸚鵡のはいったバスケットを取りあげ、小脇に抱えて少女のほうを見てほおえみつつ、

「ではちいさいお嬢さん、あなたのかわいいお妹さんを、たしかにおあずかりしておきますよ」

といって、やさしいしんせつな青年車掌は一礼して、靴音たかく立ち去った。

「あ、もしあなた！」

と、呼びとめたのは老人である。

「なんですか？」

青年車掌はうしろを振りむいた。

「お名前をな、あなたのご姓名をな、――この小さいお嬢さんが、あとであなたにそのお金を返すにしても、お礼を申しのべるにしても、あなたのお名前をうかがっておかんではこまるわけじゃから、どうぞ、そのおっしゃっていただきたい――」

老人は、にこにこして親しげにいう。

「ハ……ぼくの名前ですか、いまにわかりますよ、いずれそのうち鉄道大臣になりますからハッハ、、、」

かれは快活に、無邪気にたかく笑って行ってしまった。

老人は、かの青年車掌から手わたされた、たいせつな引替証を、ボロ財布のなかにていねいに四つ折りにして、押しいれた、そしてかたわらの妻をかえり見て、

「なあ、りっぱな頼もしい青年じゃないか、ほんとにああいう人に、一日も早く大臣になってもらいたいもんじゃ」

と心から感嘆していうのだった。

「ええそうですよ、あの人がいまに大臣におなりになるまで、わたしどもも長生きがしたくなりましたよ」

妻の老婦人も、うなずいてこういった、一見いかにもそまつな、ふるびた衣服を身につけているので、田舎のおばあさんのようではあるが、そういうことばつきも、顔の表情も、飾らぬうちにゆかしい品位をふくんでいた。

「ちっさいお嬢さん、あなたもあのりっぱな青年の行為をわすれてはいけませんよ」

その老婦人はにこやかにまえの少女にいう。

「ええ、わたし忘れませんわ、けっして。だってあの人、ロナルド・コールマンを若くして口髭をなくしたようにそっくりなんですもの！」

少女はいった。

「えッ？　ロナルド・コールマン？　そりゃあいったいどんな外国人なんです？」

老夫婦は眼をぱちくりさせて問うた。

「なに、シネマの俳優ですよ！」

と、こう答えたのは、かの少女ではけっしてなかった、ふしぎにも、どこからできたのか、おそらくこの三等車にいた乗客のひとりであろう、そこへ、こう横合いから答えつつのそのそと老夫婦と少女のまえへ歩いてきた青年があった。白い顔、髪はコスメチックでなでつけ、きれいにわけて身には紅い縞もようの、華美なスポーツセーターを着こんで、セーラーの広いズボンをはいて、そのズボン両脇のポケットに行儀わるく両手をつっ込んだまま立った。

とつぜん、見も知らぬ都会ふうの青年がとびだしてきたので、少女も老夫婦も、あっけに取られてしまった。

「君はいったいなんだい、なにかわしたちに用でもあるのかね？」

老人は不快げにつぶやいた。

「ハ……ぼくは和製ベン・ライオンです、ちいさいお嬢さんいかがです、ぼくはベン・ライオンにそっくりでしょう?」

と、少女のまえへいきなりじぶんの白い顔を突きだした、少女は美しい眼をきっとあげて、にらめつけたが叫んだ。

「ええ、そっくりよ、動物園のライオンに!」

そして少女はぷいと横をむいてつんとした。

「こいつはまいった! お嬢さんおぼえていらっしゃい、きっと復讐をしますよ、ぼくは侮辱された敵討ちを、きっとあなたにしてやるよ!」

その青年は、するどく少女のほうをにらみつけて立ち去った、かれの顔は女のようにきれいだが、その眼はほんとにすごいほどするどく光っている。

「ハッハ……不良青年か――」

老人は笑った。

「まあ、ほんとにねえ、さっきの車掌さんのようなりっぱな青年もいれば、あんなわるい青年もいる世の中ですのね……」

老婦人はつぶやく。

「ほんとにいやなやつ！」

少女はすこしおてんばらしい声でいった。

やがて汽車はおいおい上野駅にちかづこうとする。

「ちいさいお嬢さん、あなたは東京へ着いたらだれかお迎えに出ている人がいますか？」

老人はたずねた。

「え、姉さんが迎えにでているはずですの」

「ねえさんが、その姉さんはまさか鸚鵡じゃないでしょうなハッハ……」

老夫婦は笑った。

「姉さんのほうはほんとの人間ですわ、妹は鸚鵡ですけれど……」

少女はこたえた。

「そうですか、姉さんが迎えにでるなら安心ですね、姉さんのお家は東京のどこですか？」

老人がかさねて問うと、少女はしばしばしたゆたったが、

「あの、家なんてないんです。だって姉さんもわたしもさすらい人《びと》なんですもの……」

そう答えた少女の瞳はわびしげだった。

「さすらい人！」

老人は、ややおどろいたように少女を見つめた。

「なぜさすらい人なんです？　ちいさいお嬢さん」

老人がふたたび問うと、

「あのわたしお嬢さんではありませんわ、貧乏なかわいそうな孤児《みなしご》の奇術師の娘ですわ」

少女は、すこしうす赤く恥じていう。

「え！」

老夫婦はびっくりして、顔見合わせた。

「まあ、そうですの——日本語がそんなによくあなたにしゃべれなかったら、わたしたちはもうすこしであなたを中国の少女だと思うところでしたよ」

老婦人がいった。

「ええお母さまは中国の人です——」

少女の瞳にふっと涙がわいた。

「ふーむ」

老人はうなずいたが、またたずねた。

「そのおかあさんはいまどこにいます?」

「死にました、三日まえ——この指輪をわたしに残して……」

と右手の真紅のガーネットの光る指輪をしめしつつ少女の眼から、真珠の首飾りが切れたように珠の涙がはらはらとこぼれた。

「おとうさんは?」

老婦人がやさしくいたわるようにたずねた。

「東京にいらっしゃる、とお母さまが死ぬとき、はじめて教えました、いまわたしは母さまの遺書を持って父さまに会いにきたのです」

少女はしずんだ声音でこたえた。

老人夫婦は声もなく——ふたりとも、老眼に涙を浮かべていた。

悪魔の巻

汽車は上野駅についた。

どやどやと、さきを争って降りる乗客をみな吐きだした列車は、ただ車の屋根にほの白く青森から乗せてきた残雪のみを乗せていた。かの少女も、老人夫婦も、人ごみに押されて改札口を出た、少女は汽車を降りるとき、身に着けた赤いマントを着て老人のあとにしたがった。

改札口で少女は、マントのうらから手早く切符をとりだした。

老人はれいのボロ財布を取りだして、なかから赤い切符を二枚指さきでつまみだして改札係りに渡すとき、いきなり、老人にひどくぶつかった者がある、それはあの列車の中でじぶんからベン・ライオンに似ているといばったあやしい青年だった。

かれは老人にどんとぶつかりながら、すばやく改札口を通り抜けて行ってしまった。

老人はよろめきながら、切符をだして改札口をでると、少女に向かって、

「さあ、あなたのだいじな妹さんを受けとりに行きましょう」

と、貨物受取口へいそいだ。

そこで、老人はまた、ボロ財布を取り出しあの鸚鵡を受け取る引替証を取り出そうとして、顔色をかえた。

「あっしまったッ、なくしてしまったぞ！」

と叫んだ。

「まあ、あなた、あれはちゃんと財布のなかに、しまっておおきになったはずじゃございませんか、なくなるはずがございませんよ」

老婦人はふしぎな顔色をした。

「おじさま、あの改札口をおでになるとき、どんとぶつかった人――あれですわ、あの不良青年が、おじさまが切符をだしていらっしゃるあいだに財布の中からあの書付けを掏《す》ったのですわ、きっとそうです、ほんとに憎らしいわ！」

少女はこういってくやしげに唇をかんだ。

「ふーむ、そうか、これはこまった」

老人はうなって眉をひそめたが、貨物係りの駅夫に向かって、

「もしもし、だれか、さっき、いまの汽車で着いた白い鸚鵡を、引替証を持って受け

とりにきた者はございませんか？」

　と問うと、駅夫はちょっと考えていたが、

「え、ついさっき五分ほどまえ、白い鸚鵡を一羽わたしました」

　と答えた。

「どんな人が取りにきました？」

　と問うと、

「そうですな、若い男で、なんでもいやに赤っぽい柄のスポーツセーターを着こんでいましたよ」

　という。

「いよいよそうだ、あのやつだ、じつにけしからん、なんというやつだ」

　老人は怒った、

「あの汽車のなかで、かならずわたしに復讐するといった通りにしたんですわ」

　少女はいったが……悲しげに、

「ああ、あのかわいい白蘭花《バレエホ》は、きっとあの人に取られて殺されるか、売られてしまうんですわ……」

といって、もう泣かんばかりの顔になった。

「どうしたんです、いったい、まだ鶺鴒は受けとれないんですか？」

と、いきなり声をかけて近よったのは、おお、あのやさしい青年車掌だった。

地獄で仏に会ったように喜んだ三人は、左右から、白鶺鴒を不良青年の手にうばわれたことを語った。

「ひどいやつですな、まるで悪魔だッ！」

青年車掌は眉をあげて怒った。

「ちいさいお嬢さん、大丈夫です、ぼくがきっとあの鶺鴒を取りかえしてあげます、ぼくも今年かぎりで車掌は辞職して東京にでますから、あの白鶺鴒を可憐な少女からうばった青年を見つけて取りかえします」

車掌はしずんでいる少女をなぐさめた。

「ほう、あなたは、車掌をやめて東京へでてきなさる、いったいなんか目的があってですか？」

老人は眼を見はってたずねた。

「はあ、高等文官の試験を受ける準備に、すこし勉強します」

「ほう、いよいよ大臣になるご準備だね」

老人は、笑いつつ青年の背をたたいて、

「よしよし、しっかりやりなさい、あんたのような頼もしいりっぱな青年が成功せぬはずはない、わしはあんたの将来のご成功を神さまに毎日祈りますぞッ！」

老人の声音には熱情がこもっていた。

「では、ぼくこれで失礼します、用がありますから――」

青年車掌は、こういって立ち去ってしまった。

「まことにすまんことをしてしまったな、わしの不注意からとんだことになって。あの、白鸚鵡はわしたちも一日も早く見つけるようにします、警察にもとどけておくとしましょう――」

老人はほんとに気の毒そうに少女にわびた。

「あら、いいんです、運命ですもの、それに大丈夫ですわ、わたしあの憎らしい、悪魔のような人から、きっと白鸚鵡を取りかえして、あの人をいじめてやります、あんな掏摸《すり》め！　わたしも奇術師の娘ですわ、手品を使ってもあの人の手から、白鸚鵡を取りかえしてやりますわ」

少女はきっとした顔で、まえよりも元気よくいった。

「ほう、手品が上手なのかな、あなたは?」

老人はほおえんだ。

「え、上手ですわ、わたしいつも、あの妹の白鸚鵡の白蘭花《バレエホ》といっしょに舞台でしていたんですもの」

少女はあどけなくいう。

そこへ、あわただしく馳けよった若い美しい娘がいた、年齢は十八、九でもあろう、純日本ふうの身なりでむらさきのシャルムーズのコートに、白いラクダの毛のショールをして、すらりとした背丈、黒髪は桃われ、顔は京人形のように美しいが、どこか勝気の強いりりしさが眉と口もとにほの見えている。

「まあ杏《きよう》ちゃん、こんなところにいたの、わたしどんなにさっきから探しまわったか知れはしない」

と、少女の手をなつかしげに、にぎって身をすり寄せた。

「あら、お姉さん!」

少女は、いきなり美しい人に、かじりつかぬばかり……

「ほう姉さんがこられたか、そんならもう大丈夫じゃ——わしたちはこれで失礼する、おなじ東京じゃまたお眼にかかることもあろう、わしはこういうものじゃ、ひまがあったら遊びにきてください、またなにかあんたたち、姉妹でこまったことでもあったらいつでも遠慮なく相談にきてくださいよ、東京にいるというお父さんには早く会いなさいよ」

と老人はやさしくいって、またあのボロ財布から一葉の名刺をとりだして少女にわたした。その名刺のうえには、

福音伝道師　津川齋介 中野区東中野二七七

としるしてあった、その名刺の字を少女とあの美しい姉とが、読んでいる間に、老人夫婦のすがたはもう駅内のこんざつのなかに見えなくなった。

「それはしんせつなおじさんおばさんだったのよ、それにねお姉さんの大好きな、ロ

ナルド・コールマンにそっくりの若い車掌さんがしんせつにしてくだすって——」

と少女は、車中のできごとのいっさいを語り、白鸚鵡を不良青年にうばわれた悲しみも、ともに知らせた。

「まあ、そう——」姉はこういって少女の告げることばに打ちおどろきまた感じ入っていた。

この姉妹が駅の構内で語り合っているとき、駅前の自動車のたまりのなかを赤い縞のセーターを着込んだあの青年が白鸚鵡のはいったバスケットをさげてうろうろしていた。

そこへ、一台のりっぱなダイアナの飴色に塗られた自動車がとまって、なかから鼻眼鏡をかけた中年の紳士が、ラッコの毛皮のえりの外套にくるまって降り立った。

「おい、人を見送ってすぐ帰るから待っておれ」

といいばって運転手に命じて駅のなかへはいった。

運転手は主人が降りると、運転台で巻たばこを取りだして喫おうとしたが、マッチがポケットになかったので、チョッと舌打ちをしながら、駅の売店まではしって行った。

そのようすを先から見ていた、あの白鸚鵡を盗んだ青年はぱっとその自動車の運転台に飛び乗り、バスケットをなかへ放り込んで、いきなり速力をだしていっさんに走り出した。

まもなく運転手はマッチを手にして、帰ってきたが、いつの間にか、自動車が影もかたちもなくなっているのでかれは真青になってしまった。

そこへ主人の紳士が帰ってきた。

運転手はおどおどして、頭をさげ、

「まことに申しわけございません、ちょっとマッチを買いに行ってる間に、自動車を盗まれてしまいました」

といって下うつむいた。

「なに、ばかッ、きさまは運転手のぶんざいで主人の許可も得ずに、勝手にマッチなど買いにでかけたんだッ！」

紳士は怒って、かれの手にしていたステッキで、運転手の頭を打った。

「きょう限りきさまにひまをやる、出て行けッ、ばか、あのダイアナは百万円をだした自動車だぞッ！」

紳士はなおも腹を立てて大声をあげた。

運転手はしかたなく逃げるように、しょんぼりとどこかへ去った。

紳士はぷんぷんしながら公衆電話へ馳けつけて、警察へ自動車を盗まれたとどけと、その捜索をたのんだ、そしてしきりと百万円の自動車だ、百万円の自動車だといっていた。

そのとき、その姉妹は打ち連れて駅をでて電車に乗った。


その日の午後、あの自動車を運転した赤い縞のセーターの青年が、自動車を警視庁のまえへ、とめてなかへはいり、受付けに向かって、

「ぼくはきょう、新橋の近くですててあって、だれも乗っていない自動車を見つけました、たぶんだれかその車を盗んできて、途中で発見されるのをおそれて、すてて逃げたのではないでしょうか、ぼくは運転してここまでとどけにまいりました、つまり道端で自動車をひろったわけですからな――」

と青年は平気でしゃあしゃあいい立てた。

警官は青年のことばを信じて、

「ふん、その車の番号は?」

と問うと、

「一三九三です」

「ああそんならけさ上野駅で盗まれたというとどけのあった自動車だ、麴町区下六番町の安河内《やすごうち》家の所有なんだ」

警官は安心したようにいった。

「ああ、そうですか、ではぼくついでにお邸《やしき》へとどけてあげましょう、ぼくは、運転手の免状を持っている者ですから」

と、かれはポケットから運転手の免状をだして見せた、警官はすっかりこの青年を信用して、

「そうか、ではいま安河内家へ、電話で自動車が見つかったと知らせよう」

警官は電話をかけてから、

「おい向こうではたいへんに喜んでいる、そして、発見してわざわざとどけてくれた正直な君に謝礼をしたいということだから、邸へ行ったらよかろう、それに自動車もついでに運転してとどけてくれとたのんでいる、邸の運転手はけさの事件から解雇になっていないから、ここまで取りにこられぬそうだからな――」

と青年にいうと、心の中でひそかに、

（しめたッ）と思ったらしい青年はなにげなく、

「そうですか、じゃあちょっとついでに、麹町のその邸までとどけてあげるとしましょう、なにぼくは謝礼なんてすこしも欲しくはありませんが……」

といいつつ、かれはふたたび自動車にうち乗った。

麹町下六番町、古びた黒板塀や大名門のある、邸町の宏荘な建物の花崗石の門内の玉川砂利の音をさせてかの自動車がはいった。

玄関のベルを押すと取次ぎの書生が出る、青年は頭をさげて、

「ご主人におっしゃってください、けさ盗まれた自動車を見つけて、とどけにまいりましたと」

書生が奥へはいると、けさ上野駅での鼻眼鏡の紳士があらわれてうれしそうにニコニコして、

「いやごくろうごくろう、君は正直なしんせつな人だな、――お礼のお金をあげたいと思ってな」

というと、青年はいかにも正直そうな顔つきをして、

「いいえお礼なんて一銭もいりません、そのかわりお宅の運転手にわたしを傭ってくださいい、よく働きますから――」

といった。紳士はけさ上野で怒りのあまり、いままで長くいた運転手を追い出してしまったあとなので、さっそく聞きいれた。

「よろしい、君なら正直に働いてくれるだろうから、きょうから家の運転手になるがいい」

と答えた、青年はそのときちょっとうしろを見て赤い舌をだした。悪魔のおそろしい微笑が、かれの白い顔に浮かんだ、しかし紳士は何事も知らずもどってきた自動車を打ちながめて、きげんよくニコニコしていた。

「それじゃあ、君はこの邸へ住み込むかね」

紳士にいわれて、青年はへいへい頭をさげ、

「どうせ独身ですから、こちらへ住み込んでもひとりだけのことですから、きょうからすぐお邸におりますよ」

といった。

紳士は手をたたいて女中を呼んだ。

「これは、きょうから傭い入れた運転手だ、部屋へ案内してやれ、それからと――」

青年のほうを振り返って、

「おまえの名はなんというかね」

とたちまち主人顔をしていままでの「君」を「おまえ」に下落させていばった口調だった。

「はい——」

と名を聞かれて青年は、あわててまごまごしたが、ややあってすましこんで、

「乙島角二《おとじまかくじ》——です本籍は東京都文京区——」

と申し立てた。

そして女中の案内でかれはひろい邸のうしろに建てられた、りっぱなコンクリート作りのガレージと、それにふぞくした運転手の部屋へ行った。

「あなた荷物は?」

女中がたずねた。

「うん、バスケットひとつの身がるなのさ」

と、角二と称する青年はこたえた、そしてかれは門内から自動車をまわしてガレージにいれ、なかからバスケットを持ちだした、そして運転手部屋に運んだ。

かれはバスケットの蓋をそっとすこし開けてなかをのぞくと、雪より白きうるわし

い羽の持主は声もほがらかに「花宝玉《ボアボオイユ》！」と呼ぶ。

「ボアボオイユ！　ふんあの中国の女の子の名だな——いまごろ、あのお嬢さんだいじな鸚鵡を取られべそをかわいい顔にかいているぞ、ハッハ、、、」

角二は笑ったが、また考えた、

「さてこの白い鸚鵡は中国から持ってきただけにりっぱな鸚鵡だな、売ったら金になるだろうが……ぼくもひとりぼっちでさびしいんだ、ひとつぼくが飼っておくことにしよう……」

角二はこうつぶやいて、バスケットを押入れのなかにしまい込み台所口へ馳け込んで、

「女中さん、ぼくはちょっと鳥籠を買ってきますから、ちょっとひまをいただきますよ」

と叫んだ。

「ああいいでしょ、だんなさまはきょうはもうお出かけにならないし……いそいで帰るんですよ、だんなさまは短気でおそろしい方だから、すぐおいとまが出てよ、きのうも長くいた運転手さんが車を盗まれたのですぐ追いだされたんだよ」

女中は、角二にしんせつに注意をあたえた。

「うん、わかっていますよ、どうせ金持なんて短気で、怒りっぽくて召使いを犬猫ど

うぜんに思うのさ……」

角二は、にくにくしげにこういい放って、門外へ走りでたが、まもなく大きな鳥籠を買ってきた。

運転手部屋の小窓のうえに、鳥籠はさげられ、白い美しい鸚鵡は、悲しげに呼べど答えぬ主の名を呼びつつ羽ばたいた。

「花宝玉《ボアボオイユ》！」――けれども、その名の主の少女はあわれいまいずこぞ――その夜、新しい運転手の角二はシャツ一枚になって、ホースの水を流しつつ、自動車の車輪をそうじしながらたえず口笛を吹いた、その曲はホーム・スイート・ホーム！

口笛をひとりさびしげに吹き鳴らしつつ、自動車を冷たいコンクリートの床に洗うかれの眼には、そのときあわれな涙のかげがゆらめいた。悪魔の悲哀か！

「ああ、ホーム、ホーム、スイートホームか――こんな歌をうたったって、ぼくには暖かい家庭なんかないんだっけ、ふん小石川の家にはあのおそろしい偽善者の父親と、高慢なヒステリーの第二の母と、そして利己主義のおりこう者の異母弟だけの、なかのいいスイート・ホームがあるだろうが、ぼくにはなんにもないんだっけ……」

こういいつつ角二は、ふと口笛もやめて小窓のうえの鳥籠のなかをなつかしげに見

やって、

「おい鸚鵡さん、ぼくもさびしいんだぜ、仲よくしてくれよ、まいにちご馳走をあげるからね――ぼくがおまえの主人のお嬢さんから盗んできたのは悪いけれど、仕方がないや、ぼくみたいな不幸な人間は、わるい事でもするよりしかたがないんだよ、かんにんしておくれよ、ね」

かれは、鸚鵡にしみじみとあわれげに物をいった、籠の主もまたかれのことばに耳をかたむけるごとく首をかわいくかしげて、止まり木にしずかにしていた。

やがて夜は更けてゆく――十二月すえごろ、あと二、三日で早くも新春の日はおとずれるのである。ガレージの屋根におく霜のほの白く……その窓の鳥籠の鸚鵡、また寒気にま白き羽を閉じて語らず。

追憶の巻

十一月はじめ朝鮮《ちようせん》釜山《ふざん》の夜の寒気はきびしかった。

その寒い霜こおる波止場に関釜連絡船をまつ船客はぞろぞろつづいて列をつくっていた。

船は夜半の十二時何十分というのに出帆なのである、三十分もまえから船客は黒い海を吹きさらしてくる汐風にピューピューさらされながら、足を棒にして待っていた。

その列のなかにはよごれた白衣に、寒そうなみすぼらしい姿をした、朝鮮人の労働者の群れもいた。毛皮の外套を、ふくぶくと着込んだ商人風の男もいた。乳呑児を背に負うた旅の女もいた。

ともあれ夜の船をまつ船客のすがたは旅のあわれをそぞろに感じさせる……

その船客のなかに旅芸人の一行があった。かれらは満鮮一帯をめぐって、いま内地へかえる奇術曲芸団の昇旭齋天栄《しょうきょくさいてんえい》の一座である。

その一座も夜の出帆を待ちかねて、波止場にそろって立ち、海の夜風に首をすくめているのである。

白い毛皮のえりのふかぶかとついた外套を着込んで、鳥の毛でかざったボンネットにへんに目立つ洋装をして、かかとの高いエナメルの靴をはいて、紅と白粉のうえに、青いまゆずみの目立つ厚化粧をして、朱や黄金色に刺繍をしたハンドバッグを持って、いばって一行中の先頭に立っているのが一座の団長格の天栄《てんえい》だった。そのあとにずらりと一行二十人近くならんでいたが、なかに中国人がふたりいた。それはふたりとも支那服だし顔立ちも中国の美女の面かげだった。

そのひとりは、美しい顔は蒼ざめ、やつれにやつれて、おそろしい病苦が彼女の肉体をむしばみつくしているかのようだった。彼女は寒い夜風にたえかねて、いまにもたおれようとするのをそばの支那服の細い腕にかろうじてささえられているのだった。

「おかあさん、もうすぐお船にはいれるから、しばらくしんぼうしてちょうだいね……」

少女は病む母をなぐさめて、その背をかばうように手をかけたが、ふと気がついて、じぶんの支那服の上に着ていた赤いマントをぬいで母の背にかけた。

「杏ちゃん、あんたが風邪ひくといけないよ、黛玉《たいぎょく》さんにはこれを貸してあげるわ――」

と、うしろからやさしい、しかしきびきびした東京弁の口調でいうことばとどうじに、むらさきのシャルムーズのコートがふわりと黛玉と呼ばれた病む中国の女の背にかかって、赤いマントはふたたび少女に着せられた。

「さあ乗り込むんだよ」

天栄がかんばしった声を一行に命令するようにかけたとき、ぞろぞろ船客は、船へ乗り込んで列は行進していた。

船へ乗るときも病む母を少女は抱えていた。それを片側からあのむらさきのコートを貸した美しい若い娘も助けていた。しかし少女も一つのバスケットと、若い娘も赤革のスーツケースを持っているのでたいへんだった。

「ぼくが荷は持ってあげましょう」

と、いきなりそばへきて彼女たちの荷を持ちあげた少年がいた。ふるい紺がすりの着物に、襟巻き一つしない姿だが少年の顔は色白く、眼もとも少女のように涼しくかわいい美少年だった。

「銀ちゃんすまないのね。じゃあ頼むわ、でもあんたじぶんの荷の上に、わたしたちの荷物まで持ちきれて?」

と、娘は心配そうにたずねた。

「なあに、ぼくの荷はクラリオネット一本の身の上さ、かるいもんだよ」

少年は、無造作にこう答えて、彼女らの荷物を両脇にひっかかえて、さっさと船へのかけばしごを渡って行った。

船のなかで一行は二つにわかれた。それは天栄とその他一座の幹部の四、五人が二等船室に、あとのれんちゅうはみな、三等船室に押しいれられるのである。

二等室にはあの若い娘も席を与えられた。その美しい娘は舞台では春栄《しゅんえい》となのって、その美しいすがたと、あざやかな芸とで、座頭の天栄をしのぐほどの人気があった。それでたいせつに幹部扱いをされるのだった――しかしあの病みつかれている黛玉母子も、荷物を持った少年もみな三等室の部だった。

船室の分かれ口でそれゆえ、春栄は黛玉と杏ちゃんに別れねばならなかった。

「杏ちゃん、わたしが先生に談判して、あんた方を二等室に入れさせるようにするからね。ちょっと待っておいでよ――」

春栄はこういって、いそいで二等船室へはいって行った。先生とは天栄のことである。彼女は一座の女王気どりで、弟子たちに先生と呼ばせていた。

彼女たち幹部はいち早く二等室でベッドに寝じたくをしていた。

そこへ春栄は行き、

「先生、あの黛玉さんはごぞんじのように病気なんですから、三等室ではあんまりかわいそうですもの――こちらへ移してあげてくださいな――」

と天栄にたのんだ。

天栄は、その声にちょっと振りかえったが、

「なにをおまえいうんだね、あの人はまだ幹部にはいっていないんだし――だめよ、あの人ひとりにそんなわがままを許せば、ほかの下端連がおさまらないじゃないかえ」

とことわってしまった。

「でも先生、あの人はひどい病気なんですから、特別にそうしてあげてくださいましよ、あの三等室のこんざつじゃ身体を横にすることもできやしませんもの――」

と、春栄はなおも一心にねがうのだった。

「だめだめ、そんな甘い顔を見せると、下の人はすぐつけあがるからいけないよ！」

と、天栄はいっこう取り合うようすもなかった。

春栄もこまってちょっと考えていたが、

「じゃあ、わたしのいただくこのベッドを黛玉さんにゆずりますわ」

彼女がそう決心して立ち去ろうとすると、あわてて天栄は呼びとめた。

「春栄！　じょうだんじゃないよ、なにをおまえするんだね。あの黛玉はおそろしい肺病じゃないかい、そんな肺病やみとおなじ部屋に寝るのはわたし達まっぴらごめんだよ、ほんとならね、あんな肺病にかかった人なんか一座から出てもらうはずなんだ

けれども、なにしろあの中国の鸚鵡を使う芸が、あの娘の花宝玉《ボアボオイユ》にできるからその子の母親だとめんじて、まああしておいてやるんじゃないの、追い出さないだけありがたいと思って、三等室にでもなんにでもおとなしく寝ていればいいんだよ。おまえなんか人のことはうっちゃっておおきよ！」

ひどいけんまくで彼女は毒口をきいた。

春栄はむっとしたらしく、

「ええそんならよござんす。ここへ病人を連れてきていけないっておっしゃるなら――わたしあちらへ行って、杏ちゃんといっしょに黛玉さんを看病しますから――」

と、じぶんのベッドの下に、さっきの船のボーイが運んできたかばんを持ちあげて、さっさと二等室を出ていってしまった。

そのうしろ姿を、いまいましげに見送った天栄は舌打ちをして、

「ほんとに強情な娘だよ、すこしきりようがよくって、芸ができるし、人気者だと思ってたいせつにすればいい気になって、いばるんだからやりきれない。へん、いまにあの黛玉の病気がうつるよッ」

とくやしげにどなりつけた。

三等室へきた春栄は、そこのすみに小さくすわっている、黛玉母子《おやこ》のそばへきて、

「あの先生ッたら、ほんとに無慈悲な女よ。一座の頭になっている者があんな不親切で利己主義じゃや、どうせよいお弟子を養成することはできやしないよ、わたしも腹が立つから二等室からここへきちまったのよ。黛玉さんすこしここじゃきゅうくつでしょうが、まあ一晩だけがまんしてちょっと横になっていらっしゃいよ」

と黛玉を寝せてじぶんのコートを着せて、その枕もとに杏ちゃんとならんでちいさい妹をかばうように彼女を抱いてすわった。

「ほんとにひどい女奇術師だよ、ぼくはいつでも憎らしくてしょうがないんだけれど、しかたがなしにここにくっついているんだよ」

と銀ちゃんと呼ばれる少年もそばにきた。

「わたしはこれから東海道の街々で舞台をして東京まで一座が行ったらもう、それであの先生の許からさようならするつもりさ」

春栄はこういった。

「まあ、お姉さんは一座をでちまうの?」

杏ちゃんがびっくりして声をあげた。

「ええ、東京の浅草の××館にいまかかっている、華陽劇団にねわたしの知っている人がいるの、そこへわたしはいるつもりにしているんだもの――わたししみじみあんな天栄なんかの下になってへいへいして旅興行するのが、いやになっちまったから……」

「あら、じゃ、お俊《とし》さんはこんど女優になるんですね」

少年が眼をみはった。

「ええ、まあ女優みたいなものになるわけね」

「つまらないのね、わたし心ぼそいな、おねえさんと別れてしまうんだもの……」

杏ちゃんのかわいい瞳に、早くも涙の影がゆらめいた。

「あら、ちっとも心細がることはないのよ。杏ちゃんのことをだれがうっちゃっておくもんですか。杏ちゃんと母さんのこともわたしが東京へ行ったら、いっしょに連れて、この奇術団から脱けだすつもりよ――」

「お姉さん、ほんとうにうれしい……」

杏ちゃんは喜んでいきなりお俊の肩にしがみついた。春栄とは舞台の芸名、師匠の天栄がつけてくれた名で、本名はお俊というのである。

「いいなあ、杏ちゃんもお俊さんも――ぼくはそしたらほんとにさびしくなっちまうな……」

少年はあお白い顔を伏せて、心細げにつぶやいた。

「銀ちゃんもよかったら、いっしょにこの一座から脱けておしまいな。あなたもりっぱにクラリオネットが吹けるんだもの東京でまたなにかすればいいじゃないの？」

とお俊は少年のほうへ向いた。

「ではぼくもいっしょに連れてでてくれるんですか？」

少年は涼しい双瞳《ひとみ》に、希望の光をかがやかせた。

「ええ、わたしたちはどうせみな不幸な境遇の子で、兄姉も家もなにもなくて、こんな旅芸人の中にはいってさすらっているんだもの、せめて仲よしのわたしたちだけでも、義姉妹《きょうだい》のようにしておたがいに助け合って仲よく暮らして行きましょうよ、ねえ」

お俊はしんみりとしずかにいった。

「ありがとう、お俊さん、ぼくも東京へ出たらなにかして働きますから、いっしょに仲よく暮らして仲間に入れてくださいね」

と心からたのむ、いかにも気弱いやさしい少年のようだった。

「東京にゆけば、お姉さんの大好きなロナルド・コールマンの活動もたくさん見られるし……おかあさんの病気も博士にでもなんにでも診ていただけるからほんとにしあわせね……」

杏ちゃんは心からうれしげにいう。

夜の海峡を船はすすんでゆく……三等船室のひくい天井の電気は、ほの暗くこの旅芸人の美しい少女と、少年と娘と、そして病める黛玉をはかなげに照らしているのだった。

その少女の芸名を中国風に花宝玉《ボアボオイユ》、本名は日本名の杏子、中国の白鸚鵡「白蘭花《バレエホ》」と呼ぶ鸚鵡をたくみに使って、舞台で中国奇術をする子だった。病んでいるのはその母親の黛玉、これはほんとに中国の婦人だった。娘の杏子をたすけて、舞台で中国の民謡を唄ったりする役だった。

一座が満鮮を興行中、この母子は白鸚鵡の籠をさげて一座にあらたに加入してきたのである。そして旅から旅をさまようち、母親の黛玉は肺患にかかり旅さきのしかも旅芸人一座のこととてろくに医薬も服せず、静養もかなわず、病いは重くなるばかりだったが、まずしい母子はこの奇術団をはなれては生活もできぬので、仕方なく一座について歩いているのだった。

少年は、銀之助《ぎんのすけ》という一座の少年楽手、クラリオネットをたくみに吹く子だった。

お俊は一座の花形で、ちいさいころから天栄のもとでよく芸をしこまれて、いまはたいせつにされている美しい女奇術師だった。

お俊は東京生まれの純粋の江戸ッ子かたぎで、弱い者をかばう義侠的なふるまいから、この杏子母子と、少年楽手の銀之助の姉のように、なにかとしんせつにしてやっていた。今宵も海峡をわたる汽船のなかで、東京へ着いたらともに一座を脱けていっしょに助けあって暮らす相談さえはじめている仲よしだった。

永別の巻

昇旭斎一座は下関に着陸していらい、中国から関西とだんだんちいさい街々を巡業して、やく一カ月の後、やっと東京に着いた。

座頭の天栄の考えでは花の都の東京でも、はなばなしくじぶんの一座を興行したかったのだけれども、もう昔はやったほど奇術の芸もめずらしがられず、旅興行でばかり、忙しく新しい芸を考える余裕もなかったので、とうてい東京では出ることはできず、そのまま宇都宮、仙台、青森のほうと寒い東北地方の旅興行にまた出歩くことになった。

その時、お俊は着京いらい、すぐ浅草の華陽劇団の女優に採用されることに決定して、一座を脱けることを師匠の天栄にまで申しでた。

「まあ、おまえも恩知らずだねえ。おまえをきようまでの奇術師に仕上げてやったのはだれのおかげだい、それをいま勝手にでて行くなんて……おまえのことは、ゆくゆくわたしの後継にしようとさえわたしは思っていたんだよ」

と天栄はおこった。

「でも先生が、あまり下の人たちにひどくなさるんですもの——わたししみじみあのみじめな旅興行を年中つづけているのが、悲しくなっちまったんですもの——あんなひどい旅ばかりしていれば、いまに黛玉さんのようにだれだって病気になってしまいましょう——」

春栄も天栄へ思うことをさっぱりいった。

「ふん、人をばかにしているよ、わたしがどんなにいばろうと、下の者にひどくあたろうと、おまえのおさしずを受けないよ、出て行きたくば出て行ってしまえ！」

天栄は日ごろ品性もよくない者とて、すぐかんばしった声で、ヒステリックになり、けんか腰にお俊をどなりつけた。

「では出てまいります。それからあの病人の黛玉さんも、その子の杏ちゃんも、楽手の銀ちゃんも、いっしょに出ることにいたしましたから……黛玉さんもいまこそは落ちぶれて、一座の中にはいって苦しんでいらっしゃるけれど、もとは中国でご身分の高い大官のお嬢さんだったということですし、あの病気で、このうえこれから寒い季節を、東北のほうへ向かっての旅はずいぶんつらいと思いますから、わたしがおふたりをおひきうけして、東京の病院へ入れて、しっかり療養させてあげたいと思いますから、そうご承知なすってくださいませ」

お俊はじぶんたち四人の退座を申し込んだ。

天栄はみるみる額に青すじをだしておこりだし、

「なんだって、なまいきな！　あの黛玉親子をかってにおまえに連れてでられてたまるもんかね、あの母子は子のほうはまあすこしは役に立つけど、母親のほうの黛玉たら病気になったきりいちども舞台にでられないし、それに満洲で一座にはいってから、病気のくすりを買うのやなにかであのふたりに三万円もお金が貸してあるんだからね、いま出してやるわけにはゆかないよ、ふたりが三万円のお金を耳をそろえてちゃんとわたしに出すまではね……」

天栄はこういった、三万円貸したなどとは、たぶんうそで、三千円ぐらい貸したのかも知れないとお俊は考えた。

「三万円も貸したんですって――まあ――」

すこしあきれて、彼女は一座の泊まっている、上野駅まえのきたない宿屋の部屋にねている、黛玉の枕もとへ行って問いただした。

「ええ、すこしお金は拝借しているんですが――まさか三万円にもなりますまいに……」

と黛玉はすこしこまった顔をした。

お俊はふたたび天栄のまえにきて、

「先生、せめて一万円ぐらいならわたしが劇場のほうから、じぶんのお給金をさきに払ってもらってお返しできるんですからいまは一万円だけであの黛玉さんと杏ちゃんをだしてやってくださいな――なにしろ病人ですからかわいそうだと思って――それに中国人が日本へきて、こまっているのを助けてあげるのは日本人のしなければならないことなんですもの……」

とねがってみた。しかし天栄はいまお俊が一座をでて行ってしまうので腹が立ってならないしそのうえ、中国奇術として一座の呼び物にしている、美しい杏子にも出て行かれてはじつにつまらないものとなってしまって、ろくすっぽ客を呼ぶことができないにきまっているから、どうしても聞き入れなかった。

お俊もいまはしかたがないとあきらめてしまって、そっと杏子を呼んでそうだんした。

「ね、杏ちゃん、わたしがそのうちきっと、三万円のお金をくめんして先生のところへ持って行くから、それまでおかあさんをたいせつにして旅をしていてちょうだい――わたしもきっとあなたがたを助けると誓ったいじょうは、きっと身にかえても実行してよ、わたしを信じて待っていてちょうだい――」

お俊は赤心こめて杏子にちかった。

「お姉さん――三万円なんてたいへんね――いいわ、わたしも一心に舞台で働いて、お給金をためてお金を先生に返して、一日も早くお姉さんのところへきますから……お姉さんこそわたしを忘れずに東京で待っていてくださいね……」

こう杏子はけなげにいったものの――どうして、三万円を早く返し得よう……いまここで力とたのむお俊に別れて、東北の旅を病む母を抱えてつづけてゆく悲しさに涙ぐんでしまった。お俊もせっかくこのあわれな母子をお金のために東京におくことのできぬのが、くやしくもあわれでしおれていた。そのふたりの悲しい対話をそばで聞いていた銀之助は口をはさんだ。

「お俊さん、あんなにたのしんで約束したのに、こんなことになってやっぱり杏ちゃんも一座から脱けられないのなら、しばらくのあいだ仕方ないや——そのかわりぼくも一座を脱けずに、やっぱり杏ちゃんといっしょに旅にでますよ。そして杏ちゃんを助けて黛玉さんの看病をして、ぼくのすこしのお給金もたして早くその借金を返してしまいましょうよ。三万円なんてうそにきまっている。天栄のやつめ、そんないいがかりをつけて、わたしたちをはなさないようにするんですよ」

銀之助はくやしそうにいった。

「ほんとうに弱い者はどこまで不幸なんだろう……」

少年は涙をながした。

「いいわ、きっとわたしもあなたがた三人をむかえに行くから、それまで身体をだいじにしていてちょうだい」

と、お俊はふたりの少年少女をはげました。そしてまたいつかかならず会うというかたい――しかしはかない約束をして、その翌朝天栄の一行とともに去る、杏子親子と銀之助をさびしくひとり駅頭に送った。

「それでは黛玉さんおたいせつに――きっとわたしが迎えに行きますからね……」

と、病みつかれた黛玉を車窓に見送って、お俊は涙ながらになぐさめた、黛玉もむかし美しかったであろう、中国風の美女の面影もいまはむなしくやつれ果てた顔に、涙をながしてしんせつな女神のようだったお俊へ別れをおしんだ。

やがて汽車は去りゆく――窓から杏子とともにいつまでもお俊を見つめる病む黛玉のさびしいあわれなおもざし――それがお俊へ永別のおもかげであった。

天栄一座が青森海岸の、吹雪のものすごく荒れくるう一夜、田舎街のきたない小屋に興行しているとき黛玉の病いは日にまし重くなった。

汚ないきたない楽屋、それはお醤油で煮たような赤ぐろいボロボロの畳の部屋、小窓の障子はやぶれて粉雪がピューピューと風とともに吹き入る、ふちのかけた瀬戸の火鉢にすこし赤く燃えている炭火を生命に、病む母は、垢だらけのうすいふとんにくるまって、苦しい咳をつづけている、そのそばの鏡台で、杏子は舞台へでる化粧を泣きながらした。

「さあ、もうこのつぎは白鸚鵡の芸だよ。早く仕度をしてさっさとでるんだよ」

天栄は病人のことなど眼中になく、杏子に命じた。病いに苦しむ母をのこして舞台にでて、しいて笑顔をつくり奇術をして見せねばならぬ杏子の胸ははりさけるほどつらかった。

「先生、こんやは黛玉さんはとてもひどい熱で、あんなに苦しんでいるんですから──せめて今夜だけ、杏ちゃんの舞台は休ませてやってください」

と銀之助は天栄にねがったが、

「なにをいうのさ、舞台をいちどでも休めばお給金は一厘だってやらないよ」

無情にも彼女は冷たくいいはなった。

お給金がもらえなければ、母へのくすりもたまご一つも買えない──杏子は思いきって出てゆくのである。

「じゃあね、母さんすぐに帰ってきますから、苦しいのをすこしがまんしていてちょうだいね」

母の背をなでつつ杏子がいうと、黛玉はやせほそった手を娘へさしのべて、杏子の手をひしとにぎり、

「ああ、いいよ、わたしのことは心配しないでねえ――杏子おまえはね、いまこそこうして奇術師の芸などをさせておくけれど……おまえのおとうさんは日本の方でりっぱな人なのだよ、東京の麹町区下六番町の、安河内という家へたずねて行けば、おまえのおとうさんはわかります……安河内公弘《やすごうちきみひろ》これがおとうさんのお名です。よくおぼえてお置きなさい。いままでなにも教えずかくしておいたけれど、ねえ、杏子この指環はおまえの、おまえのおとうさんから結婚のしるしに母さんがいただいたものですよ……」

と、黛玉はいまは細りし指にともすれば、ぬけ落ちそうになる、ガーネット玉の真紅の指環をしめした。それは黛玉がいつもはめてはなさぬものだった。どんなに貧しくても、それだけは売りもせず人手にわたさなかった。

天栄がその指環に眼をつけてあるとき、

「黛玉さん、その指環を高くかうからわたしにお売りな」

といっても首をふって、

「これだけは、わけがあってわたしの死ぬまで持っていなければ申しわけがない品ですから……」

とことわったこともあった。

杏子は、今宵はからずも母の口からはじめてじぶんの父親が日本人であること、その姓名もうち明けられたのである。

「かあさん、そう、そんなえらいおとうさんが東京にいらっしゃるなら、早く丈夫になってわたしと会いに行きましょうね」

と杏子は母の手をにぎり返した。

「おいおい何をぐずぐずしているんだ。早く舞台へでないのか」

と天栄の助手の男がおそろしい声で杏子をせき立てた、杏子は泣き顔をあわてて白粉ばけでかくして、赤いマントを片手に舞台へと——銀之助もクラリオネットを持ってしたがった。

舞台のまん中の小さいテーブルの上に白蘭花《バレエホ》は白い羽を籠のなかに見せている。

舞台の口上いいの男が、道化役のピエロの服装でまえへすすみ、

「これなる籠のなかなる一羽の白鸚鵡、たちまち姿をかき消します。首尾よくまいりましたらご喝采……」

というと、銀之助が舞台下で吹き鳴らす、クラリオネットの音につれて杏子は赤い

マントを左右にうち振り打ちふりぱっと籠に着せて、一秒、またぱっとマントをどけると籠のなかの鸚鵡の影もかたちもない、観客はどっと喜んで拍手する。またクラリオネットの音につれて、杏子がマントを打ち振りつつ籠にかぶせると、一秒――またマントをさっと取りあげると、いつの間にか鸚鵡は籠のなかに羽をひろげていた、観客はどっとこのあざやかな中国少女の奇術に拍手を送るのだった。

拍手はちいさい小屋をやぶるほどはげしくにぎやかだったが、その賞讃の声をあびて、はなやかな中国服に身をかざって舞台に立つ少女奇術師の心はさびしくつらかった。楽屋にひとり病む母をのこしていま舞台の灯りの下に立って、涙を秘めて芸をする身のはかなさ――その少女の胸を思いやって少年楽手銀之助の吹くクラリオネットの音もわびしく、ややもすれば、涙にしめってとぎれがちだった。

舞台の義務をすますと、幕がおりるやいなや、飛ぶように楽屋に走りかえった杏子は、

「かあさん、かあさん、ただいま」

と声をかけて枕もとをさしのぞいたがこたえもない。

「かあさん、眠っていらっしゃるの」

とそっとその額へ手をやると、なかば氷のように冷たい――「あっ」とたまぎる叫

び声とともにひしと母の身体にしがみついて、

「かあさん、かあさん！」

と、大声でよんだが答えはついに空しかった。

杏子の泣き声に、走りきたった銀之助はそのようすにおどろき楽屋中の者を呼んだので、いままで冷淡だった一座の芸人たちも、さすがに気の毒がって医師を呼びむかえた。

医師が聴診器を黛玉の胸にあてると、その衣の胸を開いたとき、世を去るさいごまで身をはなさじと秘めたのか、ふところから一通の封筒と指からぬいておいたガーネットの指環がころがり出た。封筒の表には「安河内公弘様」としるしてあった。

「病気の衰弱のけっか――心臓麻痺を起こしたのです」

医師はあわれな黛玉の魂のまったくいまその肉体をはなれたことを告げた。

母の死を知らず舞台でひとびとの拍手のなかに立った子のあわれにも痛ましさ……杏子はもはや涙もかれる思いだった。

天栄もさすがに、日ごろのように口汚なく無情にののしらずだまっていた。その翌日吹雪のなかをガタ馬車に母の亡きがらを乗せて杏子と銀之助は街はずれの火葬場に行った。

いまはただ一片の白骨の灰と化した母――その骨つぼを抱いてその街のちいさい寺院でかたちばかりのお経をあげてもらった杏子は、楽屋に遺骨を持ってかえると天栄が、

「そんな気味のわるいものを楽屋へおくとえんぎが悪くてお客が不入りだよ」

といわれたので、ともかく一時その寺へあずけることにした。

しょんぼり立ちかえった楽屋――きのうまで母とともに起きふししたその汚ない場所に、いまはもう永久に母と呼ぶかげさえない――ただ部屋につるされた籠の鸚鵡が「花宝玉《ボアボオイユ》!」と呼ぶ者のみ、ありし日の母がわが娘を呼ぶ声をまねるのも――さらに涙をさそう……

天栄は杏子を呼んで、

「おかあさんが亡くなってさびしいんだろうけど、こん後もしっかり芸をしておくれよ。おまえのかあさんにはこんどもずいぶん費用をかけているんだからね」

といい渡した。

その夜銀之助はそっと杏子の耳にささやいた。

「杏ちゃん――おかあさんがあの晩あなたに話していたね、東京におとうさんがいるって……」

「ええ、そういっていたのよ、そしてちゃんと手紙も残してあったわ……」

「うん、そうでしょう、そんならこんなところにぐずぐずしていてはだめだよ、早く東京へ行ってあのお俊さんと相談しておとうさんに行き会うといいよ――」

「だって、先生にたくさん借金しているもの……」

「なにかまうことはないよ、あんな鬼みたいな女の慾ばりなんか――いっそのこと杏ちゃん、ふたりでここを逃げ出そうよねえ――」

「えっ、逃げるの――」

杏子は灯りの下に銀之助を見つめた。

「うん、逃げるのさ、あしたの夜中、みんなが寝しずまってから、この楽屋の窓から、そっと逃げだそうよ、ねえ」

銀之助は日ごろのやさしさににず、ひじょうの決心をきめたらしく眉をりりしくあげた。

「ぼくはクラリオネット一本持って、杏ちゃんはあの鸚鵡の『白蘭花《バレエホ》』だけお持ちよ、東京へ行ってもあんたは鸚鵡の奇術をすればいいし、ぼくもクラリオネットさえあればいいし……ね、そしてお俊さんのところへ行こうよ。なんでも用があったら浅草の華陽劇団へ手紙をよこせといっていたもの――お俊さんへ電報をうって上野に迎えにきてもらえばいいさ――」

男の子だけにいろいろ計画を立てて銀之助はいう――

「そう、では思いきって逃げ出しましょう……でも――おかあさんのお骨をどうしましょう」

「ああれはね、しばらくお寺へあずけておいて、東京で働いてお金をためてから、取りにきましょうよ。ね、四十九日まではお骨はお寺へおさめるもんだってお坊さんもいっていたもの」

「そう――」

杏子も、ともかく東京のお俊をたよって行くことに決心した。

その翌日は朝からひどい吹雪だった。

一座はその晩だけであすから隣りの町へ行くので、夜おそくまで荷造りをしてつかれてみな楽屋にねた。天栄と幹部だけ町の宿屋へ泊まり、下の者たちは汚ない楽屋へ泊まらせるのだった。

夜中にそうっと、杏子は起きあがった。足音をしのばせて銀之助も起きてきた。バスケットの中に鸚鵡を入れて蓋をし、赤いマントを着て、銀之助にたすけられて、音のせぬよう窓を開けた夜の吹雪はひどかった。

銀之助は、一本の縄を持って窓の柱にむすびつけて雪の積った地に落とした。

「さあ、早くこの縄につかまって下へ降りるんだよ」

と手を引いて銀之助は縄につかまらせた。するすると縄にすがって杏子はぶじに屋根から路《みち》に降りた。つづいて銀之助もクラリオネットとバスケットを持って片手に縄をつかんで地面に降りようとしたとき、ほそい古縄は荷と少年の身体をささえかねて途中からぶつんと切れた！

「あっ！」

という間に、かれはもんどり打って路の上にころがり落ちた。

仲間たちはこの異様な物音に眼がさめたのであろう。窓からぱっと灯影《ほかげ》がさして、人々の立ちさわぐ声が聞こえた。

「杏ちゃん、しまった！　ぼくはだめだ」

銀之助は悲痛な声をあげた、夜ふけの月が蒼白くかれの顔を照らした。

「銀ちゃん、どうしたの、早く走りましょう」

と杏子がその手を引っぱると、

「ぼくはいま足をけがしてだめだ、とても歩けない！」

銀之助は屋根から落ちたとき、右脚の骨を打って、立ちあがることもできないのだ。

「杏ちゃん、ぼくにかまわずあなたは早くこのバスケットを持って停車場へ走りなさい。いまなら終列車に間にあうから、いそいで走っておゆきよ、いまに追手がきてつかまるから、早くはやく――」

かれはじぶんの足の痛みをこらえて、杏子をぶじに逃がそうとした。

「だって銀ちゃんあなたを残して行くのは……」

と杏子はためらった。

「いいよいいよぼくも男だ、またきっと逃げ出すときもあるよ、今夜は足が立たないから残念だがだめだ、杏ちゃんだけひとりでお逃げよ。そして東京でおとうさんに会いなさいよ」

かれは杏子をうながした。

「ではわたし行くわ。銀ちゃんさよなら！　きっと東京へあなたもきてね――」

と泣き声で別れをつげてバスケットを持ち、杏子はいっさんに走り出した。

吹雪のなかに消えてゆく少女を見送ったまま、銀之助は足のいたみと寒気にうたれて、気をうしなったように雪のなかにたおれた。

楽屋では、ふたりの少年少女のすがたが見えないので、大さわぎらしく窓へ飛びだしてくる人影がある。そして間もなく、雪の路傍にたおれている銀之助をひとびとが発見して叱り飛ばしつつ楽屋へかつぎ入れたとき――遠くの雪空をとおして終列車の汽笛が鳴りひびいたのだった。


「まあ、そうだったの――かわいそうに銀ちゃんはきっとみんなにぶたれて怒られたろうね――でもさすがはちいさくても男の子ね、よく杏ちゃんを逃がしてくれたわ！」

と涙ぐんで喜んだのはお俊――

ここは、東京浅草公園の裏手の、バラック建ての長屋の片隅の一軒である。そこがお俊の仮の住居である。けさ上野へ着いた杏子をともかく連れてきて、彼女が東北の旅での母との永別――吹雪の夜の脱走の話を、いましみじみと聞いて心を打たれていた。

「ほんとに、わたしも銀ちゃんにはすまないの、あの人、足をけがしたんですし、どうしているでしょう、そんなにまでしてわたしを逃がしてくれたのに、わたしはだいじな『白蘭花《バレエホ》』を人に取られてしまうし……」

杏子は力なくうなだれた。

「あれはまたどうかして取りかえせるわ、それよりも早く杏ちゃんのおとうさんに会いましょう。麴町の安河内ってお家だわね、わたしがあなたを連れてたずねて行くわ……」

お俊はそういって、戸棚から友禅のはでな夜具を取り出し、

「ながい汽車でつかれたでしょう、ちょっとおひるねをなさいよ、わたしももうそろそろ劇場へ出なければいけないし、そら昼夜二回興行ってのよ。だからもう出かけるの。いまおいしい、おすしをたのんでおいてあげるわ」

と、杏子をやすませて、忙しそうにお俊は出じたくに取りかかった。

あらしの巻

二月のはじめ――にぎやかなお正月気分のあわただしく過ぎたあとで、――そして

寒さはこれからひとしおという如月《きさらぎ》のはじめである。

杏子とお俊のふたりは雷門からガタガタの古フォードの円タクに乗って麹町下六番町の安河内家の花崗岩《みかげいし》の大きな門前にたどりついた。

ふたりは円タクから降りて、いまさらにその大きな邸を見あげた。

「さあ、杏ちゃんしっかりしなくちゃあだめよ、こんなりっぱなお邸のなかにあなたの大事なおとうさまは住まっていらっしゃるのよ、とてもすてきねえ――あなたもきょうからここのお嬢さまになっちまうのよ――そしたらたんといばるといいね、もう浅草の安女優のお俊ちゃんなんてそばへもよりつけないほど……」

お俊はこういって杏子の背を勢いつけるようにたたいた。

「あらいや、わたしお嬢さまになったって、お姫さまになったってお姉さんのやっぱり妹の杏子でなくちゃいやだわ――わたしね、ちゃんと考えているのよ、お父さまにお会いしたら――いままでのお話をよくして、そして姉さんもいっしょに安河内家で暮らせるようにってお願いするつもりよ、ね、よくってお姉さま！」

杏子はあどけなくお俊の顔をのぞいた。この瞬間美しいお俊の眼にふっと涙が浮かんだ、そしていとしげに杏子の手をひしとにぎって、

「ありがとう、杏ちゃん、でもそんなことをお願いしてはいやよ——わたしはいいの——女優をしたって女奇術のまねをしたって一生どうにかして行けてよ——ただ杏ちゃんをどうしたって仕合せな子にしてあげなくては亡くなった黛玉さんにすまないもの……」

ふたりはこんな会話をしながらりっぱな大玄関に立った。

初春の興行が忙しく、心にかけつつもお俊は杏子を伴なってきょうまでこの邸へたずねてこられなかったのである。ようやくこのごろ一日二日のひまを得て、こうして杏子の幸福の目的をたっするためにきた次第だった。

玄関の柱に取りつけてある燻銀《いぶしぎん》の獅子の頭の彫りがしてあるりっぱな呼鈴をお俊は力を入れて引いた。

間もなく重い扉はひらかれた、取次ぎの書生が出て見なれぬふたりの娘のすがたをふしぎそうに見ていた。

「わたしね、こちらのおたいせつなお嬢さまをおとどけにあがったんですよ」

お俊がいうと、書生はあきれかえった顔つきをして、そういうお俊をにらめつけた。

こいつ気違い女じゃあるまいかというようすで——

「なんだってこちらのお嬢さんをお連れしたって、おいおいばかをいっちゃこまるよ、こちらのお嬢さまならいまちゃんとお邸にいらっしゃるじゃないか、あれお部屋でピアノのおけいこをしていらっしゃるよ――」

書生は来訪者を頭からばかにしてあざけった。なるほど、そういえば、ピアノの音がコロンコロンコロンと邸の窓からひびいてくる……

「へーえー」

お俊もちょっと考えたが――

「そのお嬢さまはお嬢さま――この方もまたお嬢さまで――きょうから当お邸へお乗りこみのご令嬢杏子さまでいらっしゃるんですよ」

彼女はつんと澄まして大いに気取っていったが、相手の書生はふきだした。

「そう、むやみとお嬢さまがふえてはこまるね。こちらにはりっぱに高子《たかこ》さまというご令嬢がひとりいらっしゃるんだから、道ばたでひろってきたどこの馬の骨だか牛の骨だかわからない令嬢の押売りはごめんだよッ――」

といいざま、書生は扉を閉めようとした。それと見るよりお俊はやさしい眉をりりしくつとあげて怒った。

「ばかッ、おまえは書生のぶんざいで生意気ね、おまえは玄関番じゃあないの、そんならそれでお客さまの取次ぎを忠実にすればいいんでしょ、ぐずぐずいわずとこの手紙をご主人にお見せなさいッ——」

と、お俊はいいつつきょうの日まで杏子がたいせつに肌身はなさず持っていたあの、母黛玉の悲しき遺書の手紙をしめした。

書生はその手紙をふしぎそうに受けとったがその表書きを見てみょうな表情をした。

「なんだい安河内公弘って——ここのご主人の名はちがうよ——利継《としつぐ》っておっしゃるのが当家のご主人のお名前なんだぜッ」

書生は冷笑した。

お俊はびっくりした。

「えッ、だって——下六番町の安河内家ってのはお宅でしょう?」

「うん、安河内家は安河内家だが——ご主人のお名前は利継さまさ——」

「じれったいのねえ——でもともかくその利継さまにでもなんにでもともかく会って、よくお話をして見なくてはわからないわ——取次いでちょうだい」

お俊は眉をひそめて書生をにらめつけた。

「強情なやつだな、ご主人が会ってくださるかどうかわからないが、それほどしつっこくたのむのなら一応お奥へ取次いで見てやるさ」

書生は、肩をそびやかしてその手紙を持ち、めんどうくさそうに奥へ引っ込んだ。玄関に残されたふたり——杏子は心ぼそそうにお俊のたもとにすがって、

「名前がちがうんですって、じゃあおとうさまはもうこのお家にはいらっしゃらないのかしら、そしたらどうしましょう、お姉さま」

と泣き顔をした。

「いいわ、いいわ、心配しないでも大丈夫よ——わたしがこうしてちゃんとついているんですもの——なにかそれにはわけがあるんでしょうから……まあわたしがその利継って人に会って、よくあなたのおとうさまのことうかがってあげるわ」

といって杏子をなぐさめた。

その邸の奥の広間のストーヴのまえの黒革張りの肘懸椅子にもたれて、ゆうぜんと葉巻の煙を輪に吹いていたこの家の主人利継——それはかつて、去年の暮れ上野駅頭で自動車を盗まれてさわいだ紳士である。

書生がいまつつしんではいってきて、かれのまえに一通の女文字の手紙を差しだし、

「これを持って、ただいまお玄関へへんな娘がふたりきて、ぜひご主人にお眼にかかりたいと、申すんでして、なかなか強情で帰りません」

というのを聞いて、ふーんと鼻眼鏡の奥からするどい眼をしてその手紙を受取った。上にかいてある安河内公弘様という文字を見るや、かれはさっと顔色をかえた。そして封を開く手さきが不安そうにわなわなとおののく……中から取りだされたうすい中国びんせんにはきれいな文字でこうしるしてあった。

こは、今世を去るにのぞみて、君へのさいごの玉章《たまずさ》にて候。われ生命あるかぎり、身に代えても掌中の玉といつくしみ育てんと願いし、いとしき杏子をひとり残して冥府にまいるべき運命と相成りては、もはやこの子は天にも地にもただひとりなる父の手へと委ねまつるより術なき子にて候ものを、このうえはただひたすらに、切に切にあわれなる杏子をご慈愛の手にてお育てくだされたくそれのみ祈りあげ候。君が夫人なるお方へも、杏子の生母いまわのきわにはるかに合掌して杏子がお情けをこい奉りしとお伝え遊ばされたく、さらば安河内家のお栄えと杏子の幸いをねがいて今生のおいとまごい申しあげ候

鳳黛玉拝

安河内公弘様

わが死を知りて一筆わが子のため書きのこして、血のにじむような母の涙と祈りのこめられたその書面を、利継は読みつつ眉をひそめて舌打ちした。いかにもこまった不安心なむしろ恐怖に打たれた表情であった。

「この手紙を持ってきた娘はどんな者だ?」

かれは書生に問うた。

「ふたりきているんですが――ひとりのほうは年歳が小さくてかわいい中国人の娘みたいなんです。それからもうひとりのほうは十七、八でなかなかのシャンです……」

「ばかッ――そんなことはどうだっていい――」

主人に叱りとばされて頭をかいた。

「ともかく応接間へとおせ――」

「はい」

書生はうろうろして立ち去った。

利継は手紙を持ったまま部屋中をのっしのっしとなにか考えながら歩きまわった。

「うむ——こまった問題だぞ——わるいことはできんな——しかし……」

こんなことを独言しつつかれは歩きまわっていたが、やがてその手紙を部屋の壁にはめこんである小型の金庫の中へしまい込んで鍵をかけた。そして応接間へでかけた。

玄関にしばらく、待たされていた杏子とお俊は書生に、

「こちらへ——」

と、つっけんどんにいわれて上がった。

「お客さまにスリッパぐらいそろえるものよ」

と、お俊は書生を叱りつけて、スリッパを出させて、杏子の手を引き応接間にはいった。

「まあ、ホテルみたいにりっぱね」

杏子は美しく飾られたきらびやかな洋風応接間へはいってこういった。彼女たちは満州を興行中、たびたび諸所のホテルの演芸会にやとわれて行ったので、りっぱな洋館の建物は、ホテルみたいにその幼い眼に映じるのであろう。

「そんなにきよろきよろしては、令嬢らしくないね——もうすこししゃんとしてそっくりかえっていらっしゃいよ」

と、お俊にたしなめられて杏子はせい一杯そっくり返って椅子に行儀よくきわめてお嬢さまらしく赤い中国服の姿でかしこまった。そのそばにお俊はだいじな妹を守る姉のように控えた。

ところへ利継がはいってきた、じろりとこのふたりの姿を、頭のてっぺんから足の爪先まで見おろしつつ椅子についた。そしてえへんといばった咳ばらいをして、

「あなた方がさっきの手紙を持ってきた娘さんなのだね」

と問うた。

「はい」

とはじめはおとなしくお俊が答えた。

「それで——その手紙の中にある杏子という子は？」

と杏子のほうを見た。

「わたしでございます」

と杏子が一生けんめいのようすで答えた。

「ふん——そうか」

と気味のわるいほど杏子を見たが、ふとその視線をそらしてこんどはお俊のほうを

眺めて、

「それで——あなたはいったい何者かね？」

——この何者かね——がお俊姉さんの気にさわったと見えて、彼女はつんとした。

「わたし人間ですわッ」

「人間——それはわかっている、つまりあなたはこの杏子といかなる関係にある者かというのじゃ」

と、まるで裁判官のようないい方をした。

「それは——あの奇術団の一座でごいっしょだったんです、杏子さんはまだ小さいから年齢上《としうえ》のわたしがおよばずながらお世話して、いまお邸までつれてまいったのでございます」

お俊も切り口上で返事をした。

「ふん、するとあなた方はいままで手品師の一座にいた、いやしい芸人なのだな！」

利継がほんとに卑しむような眼つきをした。

「手品師がなぜ卑しいんです。踊り子でも手品師でも納豆売りをしたって、なにが卑しいんですの、びんぼうでじぶんで生活してゆかなければならないわたしたちはじぶんの力で働くんですもの――卑しい乞食ではございませんよ」

お俊は腹が立ってならないようす――

お俊にいいこめられて利継は苦笑したが――

「それはともかく、せっかくあなた方が大さわぎをしてたずねてこられた公弘はこの邸にはおらんよ」

とにべもなく利継は意地わるくいい放った。

「えっ、杏子さまのお父さまはいまここにいらっしゃらないのですって！　じゃいったいどこにおいでになりますの？」

お俊は椅子を乗りだして問うた。

「どこにもおらんよ、おらんはずだ、公弘はこの世におらんのだ、たぶん天にでもいるんだろう」

と冷然と氷のようなことばを利継は吐いた。

「え！」

「え！」

ふたりの娘はどうじに卒倒せんばかりおどろいて叫んだ。

「じゃあ！　あの杏子さんのお父さまは――」

お俊もさすがにふるえた。

「お父さまはお亡くなりになったんですの――」

杏子がお俊にひしとよりすがって――顔をその胸に埋めた。お俊もいまはなんといってなぐさめていいかわからない――しばらくして彼女は勇気をだして声を発した。

「では杏子さんのお父さまがお亡くなりになったこの安河内家のいまのご主人だとおっしゃるあなたは何者です？」

と――

「なに――このわしを何者だと――失敬な」

こんどは利継が怒った。

「つまり――お亡くなりになった公弘氏とどういうご関係がおありになるというのです！」

と、お俊が利継のさっき使ったことばの口まねをした。

「それは――つまり、わしは安河内公弘氏にかわって当家をついだ主人だッ」

利継はこうぜんと答えた。

「では公弘氏のご兄弟のかたですの！」

——兄弟ならとりもなおさず、杏子の伯父か叔父にあたるのだから——とお俊はすこし安心した。しかしその答えはじつに意外だった。

「いや、赤の他人だった、しかしむかしは公弘君とも多少の友人の間柄ではあったが……」

と利継はことばをにごした……

「へえ、お友だち——その赤の他人の多少の友だちだったあなたがなぜこのお邸をお継ぎになったんですの」

お俊は、利継を見つめて首をかしげた。

「それは——わしは安河内家のひとり娘鎮代《しずよ》の良人《おっと》なのだ。公弘君はかって幼少時代から安河内家の養子にもらわれていた人だが、大学をでるとすぐ中国に行ってしまい、やがて帰国されると亡くなられたのじゃ、それでわしが安河内家へあらためて養子にきて当家をひき受けたのじゃ——わかったか——それゆえ、公弘君が死なれた以上、いまは安河内家と公弘君となんの関係もないはずじゃ、その杏子という少女もまた当家でひき取る義務もないわけじゃ、まして中国の女をかってに妻にして大恩ある養家

にそむいた人の子じゃ、いま当家ではその子を育てる理由がないのじゃ、わかったか
――わかったら帰んなさいッ」
利継はふたりを早くも追い立てようとした。
「ええ、帰りますわ、もちろん帰りますわ、帰れっておっしゃらないでも帰りますよ
――さあ杏ちゃんさっさと帰りましょう」
お俊はくやし涙をたたえながら、杏子の腕を取った。杏子はあわれ夢のような気持
――はるばるただ一筋の目当にたずねきたりしわが父と呼ぶ人がすでに世にあらず
――母も亡き身を――かくてじぶんはついに天涯の孤児となり果てたのかと思うと
――あまりの悲愁に涙さえ出ないものを……
「待て、ただ帰すのもかわいそうだ、これをやろう――これがおまえ達へのわたしの情けだ、持って行くがいい」
といいつつ、利継は財布から幾枚かの紙幣を取りだしてふたりの前にぽんと投げた。
お俊は、その時きっと振り返って利継の顔をいやしむように見つめていった。
「なにをなさるんです、わたしどもは乞食でもなければ救世軍の慈善鍋でもございません。汚ならしいお金を投げないでください。ただこのかわいそうな杏ちゃんが仕合

せな身分になれたらとそれを望んで連れてきたんです。いまお父さまがもういらっしゃらないとわかればそれでいいんです。お金なんぞ一厘だってほしくてうかがったのではございませんよ。わたしもこれで女優でも、手品師でもして働らけばりっぱに暮らせる女です――こんなものだれがもらうもんですかッ」

と、いきなりその紙幣を利継のほうへぱっと投げ返して、さっさと応接室をとび出してしまった。

後にあきれた顔をして利継は突っ立っていた。応接間の庭に面した窓に二月の午後の弱々しい陽ざしがさし込んでいる。その窓のカーテンをすかして、そのときふと怪しい人影が立っていたのを――利継は気がつかなかった。

「お転婆なすれっからしの娘だなッ」

と、かれはいまいましそうにつぶやいて、テーブルの上に散らばった紙幣をひろって応接間を立ち去った。しかしどこか心の中にやましい悩みのあるごとく、かれは暗い顔をして罪人のごとくうなだれていた。

利継が応接間を立ち去ると、窓の外に立っていた人かげもまた足音をしのばせて去った。

その人影とは——この間傭い入れられたばかりの新しい運転手の乙島角二と名乗る青年だった。

かれはかれのいつものくせのズボンのかくしに両手を突っ込みながら、庭の芝生を歩いて去りつつ、

「ふーん——あんな気の毒な身の上の中国の子の鸚鵡なんて盗まなければよかったなあ——しかしいま返してやるのもへんだし……」

と、こまった顔つきで、つぶやきながら裏手へ立ち去った。

かれはきょうの応接間の会話を立ち聞きして、ほぼ杏子の身の上を知ったのである——

お俊は杏子を引っぱるようにしてぐんぐん廊下へ出た。

「お姉さま——」

杏子はなんといっていいかわからず、お俊に手を引かれて力なく去ろうとしたとき——どこからとなく邸のなかから、

「花宝玉《ボアボオイユ》!」

と——ひびいた。

あっ、それは夢にも忘れぬあの白鸚鵡の声ではなかったか！

「あら白蘭花《バレエホ》の声よ！」

杏子は眼をみはってお俊に呼んだ。

「なに？」

お俊はびっくりした。

「お姉さま、いま白蘭花《バレエホ》がわたしを呼んだの」

と告げればお俊はわらって、

「杏ちゃん気のせいよ、あんまり白鸚鵡のことを考えてばかりいるので、耳に幻覚が聴こえるのよ！」

お俊はあまりこうふんしていたので、その声が耳にはいらなかったのである。

「そうでしょうか、だってさっきたしかにそんな声がしたのですもの！」

「うそよ、きっとピアノの音《ね》がまちがって聞こえたのでしょう」

と、お俊はいった——しかしその時ピアノの音ははたと止んで、玄関へでかかるふたりの歩く廊下のむこうにスリッパの音がして、奥のほうからひとりの少女があるいてきた。そして玄関のまがり角でぱっと行きあった。

その少女は杏子より一つ二つ年齢下《としした》であろう、病身そうに色の蒼白いよわよわしい身体、でもその二つの瞳は夏のつゆ草の花のように、しっとりと優雅に美しかった。友禅ちりめんの長い袂もかろやかに、ふさふさしい黒髪の断髪は古風なおかっぱに切られて肩のところで波うち、歩くたび扇のようにひろがる上品な幼い姫君——そういった感じの少女だった。

ずんずん足早に歩いて逃げるように邸を立ち去ろうとするお俊らふたりは、うっかりしてこの少女にどしんとぶつかるところだった。

「あら、失礼——」

と、しとやかにやや大人ぶって会釈して、少女はすらりとふたりのかたわらをぬけて横の廊下へ姿を消した。

お俊はちょっと後を振り返った。あの少女がもしかしたらピアノの音の主で——あの利継の娘であろう。書生が先刻いった当家の令嬢高子というひとなのかも知れぬ——感じのいい美しい上品なお嬢さまだが、あの憎らしい高慢な利継というやつの子かと思うとお俊はにくらしかった。杏子ももし父の公弘さえ生きていたら、あの令嬢のようにこの邸の奥でピアノを弾いてのどかに暮らしてゆけたものを——思うとお俊はいまいましくて、腹が立って、またしみじみこの世のままならぬのが情けなくもなったが、しかし、彼女はまたふたたび元気をとりもどして、杏子の背に手をかけて、彼女をいたわりつつ恨めしい冷たい花崗岩の門をでた。

くるときは、杏子がお嬢さまになった時のことなど想像して浮き浮きしてきたものを、いま立ち帰るときに無残にもその夢はむなしくやぶれはててふたりは悄然として足もおもかった。

「お姉さん、ごめんなさい――まるで恥をかきにあすこへ行ったようなものだったのね、ああなぜ母さんはお父さまのお亡くなりになったのもごぞんじなくて――あんな不幸なおもいで暮らしていらしったんでしょ――」

杏子はややあって、溜息とともにいった。

「さあ、それにはいろいろ事情があるのよ――ねえ、でも杏ちゃん気をおとしたり、がっかりしてひどく悲しがってはいけないわ――それに人生ってけして楽しいことばかりあるはずはないわ、世の中にはいつだって眼に見えない嵐が吹き荒れているものなのよ、ね、杏ちゃんやわたしはつまりその嵐の中に早くからもまれているのよ、手品師の中にはいって働いたり、おかあさんに死なれたり、お父さんをたずねて行けばもうこの世にいらっしゃらなかったり……みんな嵐よ、嵐なの——でもわたしたちは強くなってその嵐のなかを勇敢にくぐりぬけましょうね、嵐になんぞ負けてはならないわ、いつだってわたしたちはまがった事をしないで、まっ直に正しい路さえ歩いて行けば、どんなおそろしい嵐とも戦って行けるはずよ——」

お俊はいつになく、しんみりとこんなことばを熱情こめて杏子に説いた。いつも鼻っぱしらの強い江戸ッ子口調でつんつんいいあう彼女にはめずらしいことばつきだった。

「お姉さん、だってあんまりわたしたちにばかり世の中の嵐は吹くのねえ」杏子は悲しげに——

「すこし不平な運命の嵐だわ、でもしかたがないわ、吹くものは吹かせてしまえ——ただわたしたちはどこまでもその嵐に負けて倒れてはいけないわ」お俊は負けぬ気性の眼をかがやかした。

「わたしはこれからどうしたらいいでしょう?」

杏子はまったく木から落ちた猿どうよう——たよりない気持にならずにはおられなかった。

「いいことよ、わたしがついているわ、わたしが一生杏ちゃんを妹のように守ってあげてよ——ほんとはね。きょうも心の中でこっそりこう思っていたのよ、杏ちゃんが安河内家でお父さまにめぐり会って、杏ちゃんはいよいよあすこの令嬢になって引きとられるとしたら——わたしはひとりぼっちになるのだからさびしいなあ……と思って悲しかったんだもの——そりゃ杏ちゃんが幸福になるのはもうなによりうれしいけれど……わたしは杏ちゃんと別れるのが辛いと思ってさ——だけど、いまわたしはかえってうれしいくらいよ、だって杏ちゃんとまた長くいっしょに暮らせるんだもの——杏ちゃんのことはわたしが女優をして舞台で精出せばどんなにしても暮らさせてあげられるんだから大丈夫よ、安心してちょうだい」

と、お俊は杏子を抱くようにしていってきかした。

「ええ——わたしもいいのよ、いっそお嬢さまになって大きな家で暮らすより、お姉さまといっしょにいられるほうがうれしいもの——ただねえ、わたしもあの白蘭花《バレエ》さえ取られなければ、奇術をしてすこしは、お金がとれたんだけれど……」と、杏子はお俊の生活の負い目になるのを少女心にもすまなく思うらしかった。

「いいことよ、そのうち白鸚鵡だって探しだせば手にはいるわ、そら上野の停車場でしんせつな車掌さんが、きっとぼくが取り返してあげますといったって、あなたいつかわたしにきかせたでしょう」

「ええ、あの人ねえ――でもあの方が取り返してくださるといいけれど……」

それは当になるかどうか――心細い――あんなに望んで会いに行ったお父さまさえいつのまにかお亡くなりになっている世の中に――杏子はやはり心沈んでわびしげに元気とてはなかった。ふたりは語らいつついつの間にか市ガ谷へ出ていた、そこからふたりは電車に乗ってふたたび浅草のあのふたりの巣のバラック建ての長屋へと帰途につくのだった。

母の巻

熱海の海はしずかに遠く伊豆連山が見えて晴天つづき――もう梅園にはちらほらと梅の花が咲きだしたという暖かさ――その温泉町よりすこしはなれた海岸の丘にたつ白堊の建物――熱海ホテルの海を一眼に見渡す二階の一室――その窓近く籐椅子によって窓から吹き入る汐風を受けている上品な美しい夫人がいる。病上がりらしく、どこかやつれて見える。いま軽い朝食をボーイに部屋へ運ばせてすませたばかり、ホテルの庭の黄色い芝生にあたる朝の陽影《ひかげ》ののどかに、夫人ひとりいの部屋のなかはものしずかである。

そこへ足音がしてドアをノックする音――

「おはいりなさい――」

夫人の声にボーイがはいってきた。

「奥さま、電報でございます」とかれがテーブルの上に一通の電報をおいた。

「そう」

夫人は、つと細った手をのべてそれを取りあげた。文面には、

キヨウゴゴウカガウ　　タカコ

としてある。

「まあ――」

夫人はうれしげにほおえんだ。そしていまさらのように膝のうえの編みかけの水色の毛糸を手さぐる……

夫人とは――安河内家の夫人鎮代である。この冬流行感冒にかかったのち、すこし

健康を害してこのホテルにひとり避寒しているのだった。

　ひとり娘の令嬢高子がきょう母を見舞いにくるという電報を、いまボーイから受け取って夫人の頬にはおのずと晴れやかな微笑が湧いた。

　そして、その午後三時ごろ——ホテルの玄関に自動車がとまった。中からは友禅ちりめんの長い袂の日本風のいでたちの美しい少女が一つの鳥籠と花束をたいせつそうに抱いて降りたった。

「おかあさまがお待ちかねでいらっしゃいます」

　とホテルの支配人がにこにこして出迎えた。母に会えるよろこびで、つつましい内気な少女も袂もすそもみだしてとんとんと階段をいそいであがった。

　ボーイの案内を待つまでもなく、たびたびきて知っている母の部屋のドアのまえ、まずノックする前になぜか高子はあの鳥籠をそっとドアのかげのほうへかくして、花束だけを胸にかかえ、

「おかあさま！」

　と呼んだ。

「高子さん——いらっしゃい」

中からやさしい母の声、さっとドアは開かれ！　高子はにおいの高い温室咲《むろざ》きのフリージャの白と、カーネーションの淡紅色《たんこうしょく》をくわえた花束を差出して部屋のなかへはいった。

「よくきてくださったのね――」

なつかしそうに鎮代は近寄っていとしい娘へ椅子をすすめる。

「おかあさまひとりぼっちでおさびしかったでしょう……」

「ええ――でもお家はみな変りがなくって――」

鎮代はしばらくはなれているわが家のことをたずねた。

「ええ、みなぶじよ――おとうさまもお忙しそうで毎日でていらっしゃるの――」

「そう――」

「ねえ、おかあさま、このお花どこへ活けましょう。ホテルの部屋ってほんとに殺風景ね、こんどお家から油絵かなにか、額を持ってきましょうね」

高子は身がるく立って、壁ぎわの白木のそまつな衣裳箪笥の上の花瓶を取りおろし、部屋の入口の浴室にはいって水を取りかえ、じぶんの持ってきた花をさした。

「いいおみやげね、かあさんはどこへも出あるかないで、たいていこの部屋に閉じこもっているので、部屋のなかにお花がないのがいちばんさびしいのですよ――」

鎮代は部屋のなかに新しい香気を放つ花をうれしげにながめる。

「かあさま——お花のほかにまだたいへんなおみやげがあるんですの——」

高子はこういって母の顔をあおいだ。

「おや、まだあるんですの？　なに？」

「さあ、なんでしょう、かあさま当ててごらんにならない」

高子は笑う。

「さあ——なんでしょうね、高子さんのおみやげなら、チヨコレート？」

「うそ、ちがいます——そんなものとちがって、ね、かあさま、生きているものよ！」

「えっ、生きているもの！」

鎮代は眼をまるくした。

「ホヽヽヽ、びっくりなすって！」

高子は笑いくずれた。

「犬か猫——」

母君にはまだわからない。

「ホヽヽヽ、ちがいますわ、じゃあ待っていらっしってかあさま、いまお眼にかけますわ……」

高子はふたたびドアを開けて袂のかげに鳥籠をそっとかくして、しずかに歩みよる母のまえ。

「さあ、なに？　おあてになってちょうだい」

というとき、袂のかげの鳥籠のなかから羽ばたきの音とともに――一声「花宝玉《ボアボオイユ》」

「あら！」

と母君のおどろきの声とともに、鳥籠はテーブルのうえにのせられ、籠のなかには雪白の美しい羽の持主が止まり木にすがたをあらわした。

「まあ、鸚鵡！」

「ええめずらしいでしょう。ねえかあさま、いいおみやげでしょう。それはかわいい声でボアボオイユって中国のことばをまねるんですもの、よく人になれていますのよ、おかあさまがホテルでおひとりでさびしいから、ことばを出すこのきれいな鳥がお相手をするようにと思って、わたしだいじにかかえて持ってきましたの――」

「まあ、ありがとう。ほんとにめずらしい美しい鸚鵡ね、どこで買って？」

鎮代は籠のなかの鳥をにこやかにながめつつ、

「いいえ――これは、あの家の運転手の乙島がじぶんの部屋でそっと飼っていたんですの、あんまりいい鳥ですし、声がかわいいんでわたしほしくなってお父さまに申しあげたら、お金をやって買いあげようとおっしゃったの、でもこれは乙島がどこかの中国人のちいさい娘の品をあずかっているんですって――だから売るわけにはゆかないっていうんですの――それでもお母さまのおなぐさみにお貸ししてもいいっていうのできょう持ってきましたの、餌のやり方やそのほか少しもめんどうはないんですけれど、ただ大事な鳥だからにがさないようにって……」

高子は鸚鵡をつれてきたまでの話を母にかたった。

「そう、まあ――あの運転手が中国の娘さんから預かっているんですって、では中国の鸚鵡ね――そしてボアボオイユって中国の言葉でしょうが――なんの意味かしら?」

「人の名前でしょう、ねえ母さま、もしかしたら飼主の名を呼ぶんじゃないでしょうか――」

「そう、そうでしょう。ボアボオイユ」

鎮代夫人がこう口ずさむと籠のなかからそれに応ずるように、またも「花宝玉《ボアボオイユ》!」

「ホヽヽヽ」

母子は顔見あわせて晴れやかに笑った。

夫人は呼鈴を押してボーイを呼び、紅茶とお菓子を命じた。

「高子さん、いろいろおみやげをありがとう。きょうは土曜日ね、あしたの夕方まで、かあさんといっしょにいられるのね」

鎮代はひとまず籠を窓ぎわにおいてテーブルに高子と向かいあった。

そこへ運ばれた、紅茶とお菓子をふたりは口にしながら、ちょっとひとしきり沈黙のしずけさに帰った。こうしてしずかに向かい会うと、母なる人もその愛娘の高子もどこか相似た弱々しいさびしさがある。

高子は紅茶の茶碗を取りあげつつ、ふと思い出したように、

「ねえ――おかあさま、このあいだ家へ、へんなお客さまがあったのですよ――」

「へんなお客さまって――」

鎮代は高子の顔を思わず見まもった。

「あのね、ひとりは十七、八のきれいな女優のようなひと、それからもひとりは赤い支那服を着たかわいいわたしぐらいの年齢の子なんですの――応接間をでてお玄関へ

渡る廊下の角で、わたしばったり出会ったの――大きい人のほうがわたしをにらめるように見つめるんですもの――わたし逃げるようにして奥へはいったのですけれど……なんの用があって家へ訪ねてきたんでしょう。わたしあとでお父さまにうかがったら『なに悪いやつだ』って――おっしゃったきりわずらわしそうになさるんですもの……」

高子は父の教えてくれなかった不平を母につげた。

「ええ、中国の女の子が訪ねてきたんですって――まあ、中国、中国、中国……」

鎮代の顔にはただならぬ表情が浮かんだ。

「お母さまはごぞんじ？　そのお客さまを――」

「いいえ、中国の人で知っている方はありませんよ――」

鎮代はこう答えたが、その胸のなかには「中国」の一語がありありと痛く刺すように、ある悲しい思い出をそそるのだった。

ボーイが、はいってきて「食堂のおしたくができましたが――こちらへお食事は、いつものように運びましょうか――」と問うた。

「いいえ、きょうは高子がきていますから食堂へでましょうよ」

と、鎮代は高子とふたりでホテルの階下の海を望んだひろい食堂の灯りの下の食卓をかこんだ。

「おかあさま、お身体はこのごろおよろしいの――なんだか少しもお食事がすすみませんのね」

高子は母が夕食にあまり手をつけないで、ボーイの運ぶいく皿かをむなしく返すのを見て気づかった。

「いいえ――そうでもないの――ただちょっと頭痛がして……」

と夫人はことばをまぎらすのだった。

食後母子は広間の長椅子でラジオを聴いていた。他の客たちもそのへんで煙草を喫《の》んだりして雑談を声高にして、

「いい月だよ、きょうは海のうえが銀色に光っているよ――」

だれかがいった。

「冬の月はすごいね、それに熱海海岸の月といえば、有名な『金色夜叉』の間貫一《はざまかんいち》がお宮《みや》にうらぎられて怒る場面を思い出すね――」

こんな会話をほかの客たちがかわしていた。

「金色夜叉という小説に、熱海のことが書いてあるんですって、かあさま、どんなことが書いてあるんでしょう――」

高子がふとその話を聞きたがって母夫人のそばに寄った。

「あのね――それはお宮という若いお嬢さんが、許婚の人との約束をやぶったので、それを熱海の海辺で許婚の青年が怒って責めるお話があるんですよ――でもそれは大人の読む小説ですよ――いまにあなたも大きくなってから読んでごらんなさい――」

鎮代夫人は苦笑した。

時計が九時を打つと、高子は短かい、汽車の旅ながらつかれもでて、室にはいり母と枕をならべてダブル・ベッドにはいった。そしてすやすやと間もなく寝入った。しかし夫人はいつまでも眠れずまだ窓掛けをおろさぬ窓のそばの椅子によってなにかもの思いにふけっていた。

窓からさし入る冬の夜ふけの月の白々と澄みわたった冷たさ――かって世にもてはやされた小説、「金色夜叉」の中の一節にしるされたように、この熱海の月の光のもとに悲しい男女の物語があった――許婚を裏切った美しい娘――裏切られた悲しい若者――それを思うにつけても、鎮代は返らぬおのれの過去のありし日のことを思い出さずにはいられなかった、今宵わが子が告げた話の中の「中国」ということばは鎮代には悲しい思い出をそそるはかないことばなのであるものを——。

彼女に「中国」ということばはすぐに彼女の昔の許婚の青年を思い出させるのである。彼女はお宮のように許婚の青年との約束をじぶんで破りはしなかった、が——そのはんたいにその許婚の青年が約束を破ったのである。その悲しみと、その結果、心ならずもいまの良人の利継と結婚せねばならなかったあの日ごろのことを、いままたありありと心に思い浮かべるのだった。

そのかなしい思い出とは——いまより十六、七年の昔にさかのぼるので——。

安河内家にはたったひとりの娘鎮代よりほかに子供はなかった。男の子がないうえは鎮代と結婚した夫に巨万の富を継がせねばならないので鎮代の老いた父はわがいとしい娘の婿となる青年を骨折って見つけねばならなかった。鎮代の母親は早く世を去り父ひとりの手で彼女は育てられたのである。

それで父親の不二人《ふじと》は鎮代の婿君の候補者としてふたりの青年を見出した。

ひとりは内尾《うちお》公弘《きみひろ》——もひとりは山野《やまの》利継《としつぐ》と呼ぶ大学の生徒だった。

公弘の父は中国に昔行って、その地の革命軍の元将等を助けて、ついに中国の内乱の戦場で亡くなった名士の息子だった。

利継は幼いころから孤児で苦学してきた青年だった。

かくてふたりの青年は安河内家の養子の候補者としてえらばれて、その邸に引き取られて大学にかよう身の上となった。

公弘も利継もともにおなじ法科の学生、そしてともに抜群の秀才、ある年は公弘が一番、利継がわずかな点数の差で二番、つぎの学年には利継が一番、二番は公弘といったようでいずれを優れりとも劣れりともさだめかねた。そしてふたりともまた品行方正、お酒も煙草も口にせず学校へ通う時間以外は安河内家の各自の勉強部屋に引きこもって机にしがみついているというふうなので——主人の不二人もこのどちらを養子に定めていいかこまった。あいにく養子はひとりよりいらないのだし、そのどっちかのひとりを養子に定むればいずれ選びにもれたほうは不平に思うだろうし——それで不二人はこのふたりの青年のうち——どっちでもひどく娘の鎮代を好いているほうを婿君にさだめようと決した。

それである日ふたりを呼んで——一度にふたり呼ぶと返事がしにくかろうと、まず公弘を呼んだ。

そしてこんな問答をはじめた。

「君は娘の鎮代が好きかね？」

公弘はとつぜんそういわれすこしおどろいたように顔を赤らめたが、

「やさしい気質でそして純潔なけがれを知らぬ処女《おとめ》の鎮代さんをむろんぼくは尊敬いたします」

と答えた。

「尊敬――そして好きかねあの子を――」

不二人もすこし笑いながら問うた。

「好きか――とおっしゃれば好きです」

公弘はまじめに返事した。

「愛しているかね――」

不二人はまた問うた。

公弘もこんどはたいへんこまった顔をしたが、思い切ったらしく、

「もし鎮代さんと結婚するようなことがあれば、ぼくはできるだけたのもしいよい良人になって愛情深い家庭をいとなむことができると信じます」

と——いった。

「そうか——」

不二人はうなずいて、それでちょっとおかしな問答はおわった。

公弘が部屋を去ると入れかわりにこんどは利継を呼んだ。

「君は鎮代をどう思うね？」

とまず問い出した。

「はい」

と利継はかたくなって、

「じつにごりっぱな聡明な才色兼備な令嬢だとぼくは思います」

と——多少お世辞めいたことばで答えた。

「いや、ありがとう——それで君はあの子を好きかね？」

「好きなどと申すのはもったいないのですが——たしかに好きです、ひろい宇宙にあんなすぐれた美しい身と心を持つ女性はふたりとないでしょう——安河内家はたしかに富よりも名よりもほこるべきかがやく宝玉のごとき令嬢を持っていられるのですから——」

と形容詞たくさんの讃辞をかれは申し立てた。

「もし、鎮代を君の妻におねがいするような事があったら……」

不二人のことばのおわらぬうちに、利継は飛び立つばかりの勢いで、

「そ、そんな仕合わせな幸福な運命がぼくに振りかかるなら――ぼくは令嬢を最愛の妻として愛し守るために身命を賭します！」

と叫んだ。

「うーむ」

不二人は黙ってしまった。

利継はうやうやしくお辞儀をして部屋を去った。

「これはこまるぞ、ふたりとも鎮代を好きでいずれも結婚を望んでいるのだとすると――こまったことだ、そのどちらを結婚させればいいのか、判断がつかない――わしの眼にはふたりともまことに行く末たのもしい好青年に思われるからな――」

不二人はほんとにこまり切った。

「そうだ、これはじぶんひとりでは決めかねる。ひとつ甲田弁護士のところへ相談に行くとしよう――」

不二人がこの問題を相談しようというのは、甲田達介《こうだたつすけ》という不二人の亡き妻の伯父にあたる人だった、不二人はじぶんの事業やそのほか家庭内のめんどうな相談をよくこの人にしかけた。それほど達介を不二人は信用していた。

「このごろそれはひどくお台所へ鼠がでるんでございますよ」

そのころ安河内家の勝手もとの女中たちがさわぎ出した。いまは邸もなかば洋館風に改築されたが不二人の存命中のころは昔風の建方《たてかた》で、広いひろい台所に鼠は巣喰って戸棚に出没し、食物《しょくもつ》や器具をあらし廻った。

猫を一ぴき飼って見たり鼠取りをかけたりするが、それでも鼠族はよほどたくさんいると見えてやはり夜ごとに勝手もとにあれ廻った。

「これじゃあ、しようがないからひとつ鼠たいじを内尾さんと山野さんとおふたりにおたのみしましょう」

ということになり、公弘と利継が、ある日曜日に鼠たいじすることになった。

ふたりとも運動シャツ一枚になって、手に野球のバットを持ってものものしい風で台所へ立ちあらわれた。

「どうか、しっかりたいじしてちょうだい、お願いしますよ」

と女中たちの声援のなかにふたりはたいじの方法をそうだんした。

「これが猪とか熊とかっていうのだと張り合いがあるが——ねずみの相手ではしょうしょうね……」

利継が笑った。

「しかし、ペスト菌をひろめたりしてなかなか油断のできないやつだから、この家の中から追いだしてやりたいものだね」

公弘は首をひねった。

「それで、ともかく彼らの巣窟を発見しなければいかんよ」

「その巣窟ならおそらく天井うらにきまっているよ」

「そんならこっちからふたりで天井うらを探検しようではないか」

とふたりは天井うらへはしごをかけ、すすけた天井板を引きはがしてはいり込んだ。なかはまっ暗である。

「きみ懐中電燈！」

公弘がすぐ懐中電燈を書生部屋から持ってきた。ほこりと煤にまみれてふたりが小さい電燈の灯りをあてにもそもそとうす気味のわるい天井うらをさがしているうちに、とうとう大きな鼠の巣を二つも見出した。

「しめた、しめた——」

ふたりはよろこんでその巣を持ちあげると、チュウチュウ——と、鳴きつつ中でうごめくものがあった。

「なんだい？」

と灯りで照らすとうす紅い袋をかぶった小さい鼠の子が数ひきうごめいていた。

「鼠の子だよ」

「たくさんいるね、まるで幼稚園みたいだ」

ふたりは巣を一つずつ持って降りてきた。

「まあ、気味がわるい！」

女中たちは巣の中を見て声をあげた。

「これはずいぶん小さいのね、たぶん廿日鼠でしょう」

と、ものしりの婆やがいった。

「もう巣をたいじすれば大じょうぶさ、これで鼠のやつもいなくなるよ」

と利継はいった。

「にくいやつだな、ひとつこの巣のなかの小さいやつを猫のご馳走にしてやるか――」

と利継はにくにくしげに巣の中にうごめく鼠の子を見やった。

「でもかわいそうだな、鼠だってじぶんの子供はかわいいから、殺されたら泣くだろうよ――それに廿日鼠なら箱のなかに飼っておいて芸を仕こむときっとかわいいよ――」

と公弘は鼠の子を猫にやったり殺したりするに忍びかねるようすだった。

「ばかをいい給え、有害な動物なんだよ、殺してしまうさ、めんどうなら巣に石油をかけて火をつければいいよ――」

と利継はさっさと巣を庭に持ちだそうとした。

「ぼくは気が弱くてそんなかわいそうなまねはできないよ」

公弘はいう。

「そんなら、そっちの巣もよこし給え、ぼくが引き受けるよ」

と利継は手をだしたが、公弘はわが手のなかの鼠の子を渡しかねるようにたゆたって、

「だが、それはあんまり残酷だよ――」

「そんなら、君の勝手にしたまえ、ぼくはあくまで鼠たいじの任務を忠実に遂行する

までさ」

　と利継はさっさと庭へ巣を持ってでてしまった。

「内尾さん、あなたいったいその巣をどうなさるの——」

　とやさしく声をかけたのは、いつの間にきていたのか勝手もとへでてきた令嬢の鎮代だった、不意に美しいお嬢さんに声をかけられて、どぎまぎした公弘はだいじそうに鼠の巣をかかえながらまごまごして、

「これ——ぼく飼ってやろうかと思うんです——」

　と答えた。

「ホヽヽヽ」

　鎮代は笑い出した。

「箱のなかへ飼ってやれば、もう勝手もとへでていたずらはしませんから、あんぜんです。なに鼠だって飼って見ればきっとかわいくなりますよ」

　といって、鼠の子のはいった巣をかかえて書生部屋へ逃げるように立ち去った。

「ホヽヽヽヽ」

　鎮代はいつまでもそのうしろ姿を見送りながら笑った。

そこへ利継は裏手の庭から帰ってきた。

そしてはからずもそこに令嬢のすがたを見出してかれは虎たいじでもしてきたように肩をそびやかして――

「お嬢さん――どうですぼくはとうとうかんぜんに鼠をたいじしましたよ。いまたくさんの鼠の子を火で焼いてきちまったんです――」

と、勇士のように誇った。

「まあ!」

と鎮代はおそろしそうに眉をひそめた。

「ところがどうです。内尾君は鼠がおそろしくて手がだせないのですよ、そして巣を持ってうろうろしているんです、ハッハヽヽヽ、男のくせにあんな柔弱なやつでは将来世の中へ立ったうえなにができます。ハッハヽヽヽヽ」

かれはなおも得意になって公弘の気弱さを暗にあざけりさえした。

鎮代はだまってぷいと台所を去って行った。公弘はみかん箱の空いたのをもらって、それへ手製で金網を張りそのなかへ鼠の巣をおき食物をあたえて飼った。

鼠の子はだんだん大きくなった。かれは手製のちいさい水車をつくって箱の中に入れてやると小さい愛らしい廿日鼠はくるくると水車をまわした、かれはお台所から人参や米つぶをもらってきて箱のなかに入れてやった。

「内尾さんの鼠飼い」と女中たちは笑ってひょうばんした、令嬢の鎮代も、

「内尾さん、あなたのおたいせつな鼠さんを見せてちょうだい」

といって公弘の部屋の机のそばに本棚とともにたいせつそうにおいてある鼠の箱をのぞきにきたりした。

そのころから台所に鼠が出て荒らすようなことはなかった。

「どうです。ぼくの強い腕前をおそれて、さすがの鼠のやつももう出てこなくなったんですよ」

と利継はじぶんの鼠たいじをじまんしたが、
令嬢の鎮代は――。

「うそよ、内尾さんがやさしく鼠の子を助けておやりになった恩に感じて鼠たちがおいたをしないのですわ」

といった。

甲田達介は弁護士だったが、事業好きでいろいろの事業をはじめていつも失敗し、そのうえ何か事業上不正を働いて弁護士の信用をすっかり落としていまは多額の借金に苦しむ者だった。けれども安河内不二人の亡き妻の伯父であり、好人物の不二人は達介を伯父さん扱いして信じていた。しかしかれがよく事業を起こしてはいつも失敗するのを知っていたから用心して資本金を貸すような事はけっしてなかった。それというのも、もう二、三度不二人が資本を貸してはみなだめに使い果たされたけいけんがあるからであった。それでも不二人がかれを伯父として尊敬しているのは不二人の人格が円満でだれにもやさしいからであったが、ひとつは達介がいろいろ世間を知っているし、さまざまの法律にも明かるくなかなかの手腕家だと思っているからだった。

その達介に不二人は娘の鎮代の婿に定むべきは公弘と利継といずれにしようか、という相談を持ちかけたのも鎮代にとってはなつかしい亡き母のひとりの兄にあたる人とも思うゆえだった。

達介は不二人からこの相談をかけられて心中ひそかに得意だった。

達介は不二人からその相談にあずかったとき、かれはなぜかしきりと利継が公弘よりもすぐれた人物で将来有望な青年だとほめたたえて不二人に利継をこそ鎮代の婿君にせよといいはった。

不二人もあまり達介がすすめるので、利継を養子にすることにきめた。

その翌年はきた。

春は近づいた。その年の七月公弘、利継のふたりは大学をでることになっていた(そのころ大学の卒業期は七月夏ごろに行なわれた)

不二人は鎮代に向かってある日――

「おまえも春には女学校をでるし――内尾と山野も大学を夏にはおわる――それではもう年齢をとっているし早くおまえを結婚させて相続人をきめて安心したいが、ついて――あのふたりの青年のうちどっちをおまえの夫としようかといろいろ考えて甲田の伯父さんにも相談したところ――ふたりとも同じように行く末たのもしい青年ではあるが伯父さんのいうには内尾はどうもすこし身体も弱々しそうだし、それにすこし意志が弱くて神経質だ――しかし山野は苦学してきただけに見るからに身体も丈夫で、そして意志が強い――度胸がすわっている――この安河内家の富を運転させるにはもってこいの人物だと、しきりと伯父さんが保証するので、わしもまあどちらにしても、まさりおとりはないが伯父さんもすすめる事だから山野をこの家の養子にしておまえの良人にしたいと思うが——そうきめているから、おまえもそのつもりで——すこし奥さんになる日の準備に家事の研究でもするがいいよ。ハッハ、、、、」

のどかな気持で父の不二人はこういい渡すと、鎮代の美しい顔はさっと曇った。

「お父さま——あの——」

彼女は必死の思いらしく、なにごとかいいだそうとした。

「なにかね、おまえ——」

娘の顔色にありありと不服の色があらわれたので、父の不二人はすくなからず驚いた。

「あの——お父さま——山野さんとわたしどうしても結婚しなければなりませんの——」

鎮代は日ごろのおとなしいのにも似ず父に向かって——決心したらしくたずねた。

「どうしても——ということはないが——むろん山野も内尾も同じようにりっぱな青年だが——ただ伯父さんと相談のうえ山野にきめたのだが——」

「わたし——山野さんはきらいですわ」

鎮代ははっきりいった。

不二人はびっくりした——ついきょうまで赤ん坊のように娘を思っていたので、結婚の相手の良人なぞは父の命令次第どうでもなると思っていたのが大まちがい、娘の鎮代にはふたりの青年にもう好ききらいをちゃんと感じていたとは知らなかった。

「なぜきらいかね、——お父さんも伯父さんも山野はりっぱな青年だし、おまえの良人にしてもはずかしくないと思うがね」

不二人はふしぎな顔をした。

「でも——」

鎮代は下うつむいた。

「では——内尾はどうなのだ。内尾もおまえはきらいかね?」

不二人はたずねた。

「——いいえ……」

鎮代はこういうと——もう父の顔をあおがず父の部屋から小鳥が飛ぶようにでてしまった。

「うーむ」

不二人は椅子にどっかと身をもたらせて思わずうなった。

かれは始めて結婚の真理を了解した。そして自己の取った方法のあやまちをさとった。娘は親のきめた良人をやればいいとばかり思っていたのが、まちがっていた——

そうだ結婚にさき立ちまず第一に娘の意志を問わなかったのが、あやまちだったと知った。かわいいかわいい娘にきらいな男性を良人にさせるには不二人は忍びなかった。それも山野に比してひどく内尾が見おとりのする青年ならともかく、ふたりとも同じようで選びかねるほどだったのだ。ただ山野と定めたのは甲田達介がひどくかれの人物をほめたからだった。しかし内尾こそ鎮代が望む夫ならそれときめるより仕方がないと不二人は思った。それで達介にも鎮代のたいどを報告して公弘を後継者にしたいといった。

「親の定めた良人をいやがるなどとはけしからん――それは鎮代のわがままだよ――」

と達介はたいへん反対したけれども、鎮代を心から深く愛している不二人は、

「たったひとりの娘だからわがままを許すよ。それに内尾公弘だって山野にすこしもおとらぬ青年だからね――」

と不二人はいった。

それで鎮代の望み通り心やさしい青年の公弘は安河内家の養子と内々きめられた。かれが大学卒業の年に結婚式をあげることにきまった。利継はそれを聞いて痛くも失望した。そして大学を卒業せぬうちに安河内家を不平な顔でとび出してしまった。

かれはじぶんの野心がとげられなかった腹立ちまぎれに、いままで不二人の前でつつしんでいた品行方正もみな乱してしまった。大酒を呑んで遊び歩き、はてはどこへ行っているのか行方もわからなかった。

すると甲田達介は利継の行方をわざわざ探しに田舎のほうまででかけたりしたが、まもなく帰ってきた。そしてにわかに中国のほうに用があるとて旅立った。

それから達介が中国から公弘にあてて長い手紙をとつぜん送った。それには公弘の父が、中国で死んだというのはあやまりで公弘の父は、いま中国の某所にぶじで生存しているという知らせだった。

公弘はその意外の報告に夢のような心地だった。公弘の父は中国の内乱の戦場でたしかに亡くなったと伝えられたが、そのさわぎの中とて遺骨も見分けられずわずかに父の身についた品々を遺族は送られただけだったのだ——では父は死なかったのか——公弘は飛びあがるばかり喜んだけれどもその父がなぜ日本にも帰らず通信もしなかったか——しかしそれは達介のくわしい知らせで、かれの父が中国のおそろしいらんぼうな人々のため捕えられて長い年月牢獄に入れられていたのだという。そしていまその老父を救うには、多額の身代金を持ってくれば引き渡してもらえるのだ。その

ために ぜひ公弘に大金をたずさえて中国に渡れと、その老父がたのんでいるのを達介は人から聞いたととくに報じてくれたのである。

公弘はすぐそのことを不二人に相談した。

「ぼくもいま父に会えればどんなに幸福かしれません。亡くなった者とあきらめていたのですがその父が中国につらい思いで生きながらえているならば、どうかして救ってきたいと思います」

とかれは涙をながして不二人にたのんだ。

「よろしい、では君のお父さんの身代金をわしが出してあげるから、それを持って中国へ行き、おとうさんを連れて帰るがいい——そして君のお父さんも邸へ引きとることにしよう。そのうえでめでたく娘の鎮代と結婚するか……あるいはその出立以前に式を挙げようか——」

不二人はなるべく早く公弘をわが家の者としたかった。

「でもぼくは父を救ってきてから鎮代さんと結婚します。父も喜ぶでしょうし、しばらく待っていただけば仕合わせです——」

公弘はこういった。それで約二カ月の予定で公弘は卒業試験までに間に合うよう早く帰国するつもりで、不二人から父の身代金の多額の金をもらって勇み立って中国にわたった。

鎮代も父とともに駅頭にかれの旅立ちを見送って一日も早く帰国するように心に祝《いの》った。

けれども、中国までの途中の旅先から二、三度たよりがあったばかりで公弘からの通信は絶えた。

「どうしたのだ。いったい公弘は——中国には甲田も行っていて、ふたりとも協力して公弘の父を救うはずだが——こう便りもこないのでは——」

不二人もいらいらして公弘の帰りを待っていた。やくそくの二カ月はたってもまだ公弘は帰らず不二人や鎮代が心をこめて送る書信に対してなんの返事もなかった。不二人はついに怒った。

「ひどいやつだ、この邸にいるとき、あのように温和な秀才顔をしていたのが、中国に行き自由の身になったら手紙もよこさぬやつなのか——」

と公弘についていままで持っていた信用をすっかりすてかけた。その父の怒りのことばを聞くにつけ、鎮代はひとり胸を痛めた。

「もしか、ご病気じゃないでしょうか――」

彼女が許婚の公弘をやさしく案じていうと、

「病気なら病気でそう知らせればいいはずだ」

と不二人はただむやみと腹を立てていた。

すると達介がひとりで不意に中国から帰ってきた。かれはいかにもこまった顔をして一葉の写真をしめした。その写真には美しい中国の婦人と公弘がならんで写っていた。

「これはいったいなんだ！」

不二人は不快な顔をした。

「公弘君はあちらで好きな中国の婦人と結婚生活をしているのです。もう鎮代さんと結婚するやくそくをやぶったのです。もうあの人間は見込みがありません」

と報告した。

「うーむ」

不二人は叫んで、その写真を引きさいて床に投げつけた。そして鎮代を呼んで達介の報告とともにその引きさいた写真を見せた。

その時の鎮代のやぶれた胸の苦しみ――いま十数年たった今宵、冷たい月の光を浴びて夜をふかすホテルの窓べで思い起こすだに、まざまざとまた新に鎮代を泣かせる思い出だった。その時父の不二人が中国の公弘に最後の絶縁状を送った。そしてまもなく鎮代はいっさいをあきらめて利継と結婚したのである。そして父も病死し、いまはすでに母となって高子を育てる身なのである——。もうそんな返らぬ昔の若い日の夢を思いだし嘆くときではない。——それよりもわが子の高子を幸福な女性とさせてやらねばならぬ。じぶんのように人に裏切られる悲しい者にはさせたくない——鎮代は窓を閉じしずかにベッドのそばにきて高子の寝顔を涙ぐんでのぞいた。「中国」「中国」——それはじぶんの許婚をうばい去った悲しい国のことばゆえに今宵はからずも過去を思いだしてしまったのだ——もう二度とそんな思い出は考えまいと心に誓いつつ、彼女はわが子のそばに身を横たえた。

高子は母が夜更けひとりしずかに涙ぐんで昔を思うとは知るよしもなく安らかな夢路をたどっていた。

その翌日、高子は母とともにホテルの庭に出たり梅園に遊びに行き楽しい一日を送って、あすの学校を休まぬようにと夕方の汽車で帰京した。

「ではまたこんどきてちょうだい、あなたがこんどくるまでに母さんはあの鸚鵡に新しいことばを教え込んでおきますよ」

鎮代夫人は汽車の窓の下で高子にやくそくした。

「そう！　どんなことばを？　かあさま」

「さあ、まああとで鸚鵡にきいてごらんなさい」

「あら、いやだホ、、、」

笑い声のうちに汽車はでた。

ホテルへ帰ると夫人は食堂にも出ず窓ぎわの鸚鵡の籠のまえに腰かけた。

「花宝玉《ボアボオイュ》！」

籠の中から声がすると夫人はすぐ、

「高子さん！　さあこのことばもおぼえるのですよ。高子さん！　高子さん！」

夫人はいとしいわが児の名をいくどか口ずさんで鸚鵡におしえた。
二、三日の後、海辺のホテルの窓で雪白のつばさの鸚鵡は高子さアんとかわいく夫人の声音をまねて叫ぶようになった。

すくいの巻

浅草公園の裏手のバラック建て長屋の一軒、入口に開けたてにかならずがたぴしときしっていちどではなかなか素直に開いてくれない格子戸、そのなかが土間、そしてあがり口が二畳でそのあいだの障子二枚の奥が台所、水道は共同で裏へでなければ水が汲めない、そして右手に松葉を散らしたもようの粗末なふすまがしまった六畳の部屋が一間、それでも型ばかりの床の間に一間の押入れがついている、窓もあるがあいにく西日で夕方の赤ちゃけたつかれたような太陽がちょっぴり顔をだすだけで、冬の間なぞはうす寒い……でもこれが杏子とお俊の住居なのだった。

「ねえ、杏ちゃんこんなところでもちょっとの間がまんしててちょうだいな、どこか貸間にいてもいいんだけれど、これでもかわいい杏ちゃんと一つ家庭を持つのがうれしくって、借りておいたのよ」

とお俊は上野駅から杏子を連れてきた日、まっ先に汚ないそのお家をすこし恥じたようにいいわけをしたのだった。

「あらたくさんよ、これで。だってお姉さんわたしたち年中旅から旅をさまよって、いつだってあの汚ならしい気味のわるい劇場の楽屋に泊まったんですもの、小さくてもわたしたちのお家がこうしてあったらほんとうに幸福よ」

杏子は大喜びだった。

「けれど、それもしばらくよ、どうせあなたはおかあさまの遺言通りおとうさまに会いに行ってあちらに引き取られるんだから、まあ、それまでこの長屋の生活をけいけんするものよ」

お俊は笑った、いずれ遠からず杏子は父の邸の安河内家に引きとられるものと信じていたからこそ――ところが、その望みはどうであったか？

意外にも安河内家へ訪れたふたりは杏子の父の公弘はもうこの世にいない。そして利継という主人から追いだされてしまった。

行く時はがたがたのタクシーで門まで乗りつけたが、帰りはさすがのお俊もしょげて元気なく電車にゆられて長い道をつかれはてでようやく浅草のその長屋へ帰ってきた。

格子戸にかけられた南京錠をはずして、ふたりは家の中へはいり、しばらくことばもなく相たいした。

「つまんないわね――なんてことでしょう。あの安河内の主人ってひとは血も涙もないやつよ」

お俊はくやしがった、杏子はしょんぼりし、がっかりしている。

「でもいいわ――わたしこれで杏ちゃんとはなれずにずうっと暮らして行けるんだもの、さあ元気をだしましょうよ」

「ええ、お姉さんわたしも何かしてお姉さんのお手伝いをして暮らしますわ、ねえ、お姉さま――もうこの世にわたしお姉さまよりほかに頼る人はいないんですもの……」

杏子は涙ぐんでお俊によりすがった。

「だいじょうぶよ、そんなに悲観しないでも、このお俊はこれでなかなかえらいのよ、杏ちゃんはわたしが引き受けたわよ」

とお俊はじぶんでじぶんをえらいといっていばりながら笑いだした。

「え、ほんとにお姉さんはえらいわ、だってひとりでなんにもこまらずに暮らして、そのうえわたしまで助けてくださるんですもの――」

杏子はま顔でお俊を心からほめた。

「ホッホヽヽヽ、いやな杏ちゃんね――わたしはえらいんじゃない、おてんばなのよ、負けん気のむすめよ――でも杏ちゃんを守る役にはそれが適任でしょう――さあ元気をだして晩のご飯にご馳走でもつくるかな――」

お俊は立ちあがった。

「ご飯ならわたしも炊けるわ――」

杏子もせまいお台所へでた。

小さいちゃぶ台にふたりはほんとの姉妹のように仲むつまじく夕食をはじめた。

それからの毎日、お俊が公園の劇場へ出たあと、杏子はかいがいしくおそうじをする、お部屋をかたづける、一輪ざしを仲店で買ってきて、赤いばらを一輪さしたり、床の間にはお俊の鏡台がおかれて友禅のおおいをつくってかけたり、長屋の家の中も次第にととのってきた。

夜おそくなってお俊は帰る、小さいお炬燵にお俊のおねまきが暖めてある。

「まあ、杏ちゃんはよく気がつくわね、まるで小さい奥さまみたいねえ」

お俊はうれしかった、しかしこの小さい奥さまも夜は妹になってお姉さんのお俊の世話になった。

「杏ちゃん、毎日お家にいる間たいくつでこまるでしょう。すこし活動でも見てお遊びよ」

と、お俊はお財布から杏子へのお小づかいをだした。

「活動より――わたしご本を買っていいでしょう。だってこうしてひまな間に勉強しておきたいんですもの――」

「そう感心ね、――あの黛玉さんがなかなか学問があって中国のご本も日本のご本もよめたでしょう。だからあなたもおかあさんを先生に勉強したからわたしより学者ね、わたしやっと小学校を出たきりなんだもの――」

とお俊はつぶやいた――杏子は母といっしょに手品師の群れにはいってさすらう中にも母が教師で彼女は読み書きのけいこをさせられていた。人一倍利発な彼女はよくそれをおぼえた、すくなくも本を読むていどでは女学校の三年生ぐらいのことはできた、ただ数学や図画やさいほうがそれにともなわないのは致し方なかった。

「だって、わたしたちはみんな不幸で学校へ行けなかったんですもの――仕方がないのね、わたしも子供のころすこし中国の学校へ行ったり日本人の先生に教えていただいたりした――」

杏子は子供のころを思い出していった。

「そうそう、あなたは小さいころはお母さまとらくに暮らしていたんでしょう。あの黛玉っておかあさんとわたしたちの一座へはどうしてはいるようになったの？」

お俊は杏子の幼いころとそのいまの変化をくわしくは知らなかった。

「あのね、子供のころって――赤ン坊のときはしらないけれど、お母さまはよく口癖に『おまえは日本の名誉ある紳士がお父さまだから、よく勉強してそのお父さまの娘としてはずかしくないように育てねばならない』っておっしゃっていたの――でもお母さまも貧乏になるし、とうとうあんな奇術団へはいってひどい病気になって――」

杏子はあの吹雪のはげしい東北の旅路で、うす汚ない陰惨な楽屋のかたいふとんの病床の中で、なくなった母を思い出していまさらに言葉をとぎらした。

「ほんとにお気の毒だったのね、あの黛玉さん、昔はどんなにきれいな中国の美人だったでしょう――かわいそうな杏ちゃん――でもいくら悲しんでも亡くなったお母さまは帰らないわ――それより杏ちゃんは勉強してあんな美しいお母さまとそしてりっぱな日本の紳士をお父さまにしている娘としてはずかしくない子になるのね！　それではさっそく杏ちゃんのお机とそれからご本とを買いましょうよ！」

お俊は気が早く、さっそく杏子を勉強させることを考えはじめた。

それから、四、五日たってお俊はようやく舞台げいこの時間をぬすむようにもらって、杏子と銀座へ買物に出た。

東京へきてからふたりそろって買物に出るのははじめてだからずいぶんふたりとも喜んでいた。まず何ということなしに三越の前で都バスを降りて人の流れにしたがって店内へはいった。

「ここでお机買うの、お姉さん——」

と杏子は心配そうにたずねた。

「え、買ってもいいわ、家具部で——でもね、ただ見物してもいいでしょ、だって杏ちゃんはまだ東京を見物しないんですもの、ただし浅草公園の裏だけは年中見物しているけれど……」

お俊のいう通りまだ杏子は東京にきて銀座も日本橋も歩いたことがなかった。

お俊に連れられて杏子はきょときょと三越のなかを歩いた。

「いろいろきれいなもの、ちょっと欲しくなるものがあるけれど——眼の毒だからいそいで通りすぎましょうよ」

お俊はこういってぐんぐん通りぬけて行ったが、銘仙の格安物の陳列棚の前でぴたりと足をとめて、はでな美しい柄のをあれこれと手に取って選びはじめた。

杏子は着物を買う目的できたのではないから、意外のおもいでそばにぼんやりしていた。

「杏ちゃん、どれが一番好き？　よくごらんなさいよ、あなたのを買うのだから……」

お俊は杏子のまえに二、三反持って見せた。

「あら、着物いらないわ、だってご本やノートを買ってくだされぱいいのよ」

「だって、その支那服着たっきりじゃあ、あんまりかわいそうでしょう。ね、それにもうそろそろその支那服だってよごれ出したし……かわりの支那服買ってあげたいけれど、いまわたしも少し財政困難だから銘仙でがまんしてちょうだいよ」

お俊にそういわれると、なるほど杏子のかわいい支那服もすこしよごれてきていた。

「でも、お姉さん大じょうぶ？……」

杏子は心配でならないようにお俊の耳もとにささやいた。

「なにが――大じょうぶなの？」

「あの――おかね――そんなにいろいろ買物をしても大じょうぶ？」

杏子もすこし生活苦を知っていたからふつうのお嬢さまとちがって銘仙一反買うのに気をもむのだった。彼女はよごれた支那服でもがまんするけれど、本や机はほしかったから――

「まあ、いやな杏ちゃんね、そんなよけいな心配しないでだまっていらっしゃいよ」

とお俊姉さんはすこし不平な顔で杏子がお金のことまで心配するのが気に入らないようす――

「さあ、どれが好き？　おきめなさいよ」

とお俊にすすめられても、杏子は、

「わたしどれでもいいわ」

と気のない返事をした。

「まあ、ずいぶんね、かわいい杏ちゃんにいいきもの着せてやりたいと思うのに、杏ちゃんはまったくおしゃれに冷淡ね」

とお俊はひとりで腹を立てて、ともかく杏子に似合いそうなのを一反買った。

「これから上の家具部へ机でも見にゆきましょう――」

とお俊がエレベーターの前へ杏子を連れてゆくと、

「お姉さん、よしましょうよここでお机なんて買うの、どうせぜいたくな高いものよりないんでしょう、そんならわたし古道具屋ででもみつけたほうがいいと思うわ。ねえ――」

杏子はなかなか経済家のことをいう。

「いやね、あなた小さいくせに、しまりやでこまっちまう――じゃあ机とご本はほかで買うことにして、ついでにここの食堂でなにかご飯を食べてゆきましょうよ」

お俊は杏子とエレベーターで上へあがり食堂へはいった。

「杏ちゃん、なにが食べたいの?」

と聞くと杏子は真顔で、

「いちばん安いものにするわ」

――お俊はぱっと赤くなって杏子をにらみつけ、

「人に聞かれるとはずかしいじゃないの、杏ちゃんなんだってあなたはそうしみったれな事ばっかりいうんでしょうね」

とお俊はやさしくにらみつけた。しかし杏子は上京いらいお俊ひとりの世話になっていてじぶんはなにも働かないのだから、けんやくしなければとそれを考えるのである。

そんな風だから食堂にはいっても、杏子は小さくなっているのでお俊はおもしろくなかった。

（ほんとにこのごろ杏ちゃんは、いじけてきてしまったな——でもかわいそうな運命なのだから仕方がないけれど——どうかして快活な少女らしい子にしてやりたい……）

としみじみ考えて、食堂を出てまたエレベーターで下へ降りようとして待っているとき、ちょうどいま昇ってきたエレベーターからどやどやと女学生が四、五人でてきた、どれも皆杏子と同じ年齢ごろの少女でなにがおかしいのかしゃべって笑っている人、気取っている人——みなこの世の苦しみや悲しみなどは生まれてまだ見た事のないような活々《いきいき》した顔つきで歩いてゆく——杏子はふとその少女たちをじいっと見送ったが、彼女のかれんな顔はわびしげに曇った。

「ねえ、お姉さん、みんなあの方たちは仕合わせね、おとうさんやおかあさんがいて、ああして女学校に通っていられるんですもの……」

杏子はつぶやいた。ほんとに彼女にとってああした女学生のすがたを見るのはうらやましくて仕方がないのである。

「そうよ、でもね、おとうさんやおかあさんがいて女学校へ通っていられる仕合わせな子はじぶんの幸福をよくは知らないのよ。だからあんなに三越にきて遊んでいたりするのよ。すこし不良かも知れないわ、それに引きかえ杏ちゃんなんか女学校へ行かないでも独学で勉強する意気ごみだし、食堂では一番安いものを食べる倹約家だし、もし女学生なら善良な優等生のはずよ……」

お俊は杏子をなぐさめたが——彼女はやっぱり沈んでいた。赤い支那服の美少女もこう沈んでいてはすこしその美しさがみじめであわれだった。

お俊も杏子がゆううつそうにしているのでこまりはてて、早く彼女のお机やご本を買って帰ることにしようと、三越をでかけた。

「もう春らしくなったわね、みんな通る人が春じたくよ、早くこの銘仙を縫って杏ちゃんに春の新しいきものを作って着せなければ……」

お俊は杏子の身仕度のことばかり考えていた。じぶんの着ている錦紗のお召もすこし古びてきているのだけれど……。

お俊の手で杏子の新しい袷はできあがった、裏地はお俊の古い着物の裏を取ったりして工夫したのである。

「さあ、これで杏ちゃんの春着ができたわ」

と彼女は大喜びだった。

杏子がその袷を着るころ――世は春となってもう上野の桜もほころびはじめてきた。

そのころのある日――お俊は夕方しょんぼりして帰ってきた。

「お姉さん、病気？　どうしてそんな元気のない顔なさるの？」

杏子はあんなにいつだって元気のいいお俊がきょうにかぎってしょげているのでおどろいた。

「だって――ほんとにこまったことができたのよ、あのね――華陽劇団がこんど地方巡業をするのよ――」

お俊につげられて杏子もはっとした。

「田舎へしばらくまた旅興行をすれば、わたしは女優のお給金をもらう以上どうしても行かなければならないし……すると杏ちゃんをひとりぼっちでこのお家にお留守させることになるでしょう。小さいあなたをひとりでこんな長屋のすみに残しておくなんてわたし心配でどうしてもできないの――それで仕方がないから――あなたを連れて行こうと思うのよ――でもね、あなたはもうあの天栄の一座の旅でもずいぶん悲しい思いをしたのだから二度と旅興行の芸人の一座へなんて入れたくないんだけれど……」

お俊はそれできょうひどく心配して元気がないのだった。

「お姉さん、いいことよ。わたしもそのとき連れて行ってくださいな、わたしをなにか子役にでも使ってくれるように座長さんにたのんでくださいね、いいでしょう——」

杏子はお俊といまはなれてひとりで東京に残るのはむろんできなかった。

「でも、あなたはもう手品にもお芝居にも出さないつもり、ちゃんと当りまえのお嬢さんのように暮らさしたいのだから……」

お俊はこう言って一生けんめいに考えこんでいた。

「こういう時だれか杏ちゃんを預かってくれるしんせつな人がいるといいんだけれど……」

お俊はじぶんひとりをたよりの杏子をほかに見守ってくれる人とてないのをいまさらに悲しんだ。

「あのね——杏ちゃん、そらいつか上野へ着いたとき、しんせつなおじさんとおばさんがいらしったでしょう。あなたがた姉妹がこまったときはいつでも相談にこいっていって、名刺をくだすったわねえ——あのおじさんたちにこういう時だわ、ご相談してみましょうよ——」

お俊は思い出して、鏡台の抽出しをかきまわして探すと一葉の名刺がでてきた。

「これこれね津川齋介《つがわさいすけ》――福音伝道師でしょう。住所は東中野二七七――いいわ明日にもこのおじさんのところへゆきましょう――」

お俊はいいことを思い出したとよろこんだ。

杏子もあの汽車のなかで白鸚鵡の白蘭花《バレエホ》のことでこまったとき、しんせつにしてくれた青年車掌とともにあの津川老夫婦のことを思い出した。

「そうねわたしあの方のお宅で女中にでもさせていただいて働いていますから、早くお姉さん地方巡業から帰って迎えにきてちょうだいな――」

「まあ、女中をして働らくなんて――杏ちゃんそうまで考えなくてもいいことよ。わたしがあなたをおあずけするからには、お金もちゃんとあの小父さんへあずけておくわ――」

お俊と杏子はどうやら相談する人ができたので安心した。

その晩、杏子はおそくまでかかって、津川齋介へ手紙を書いた。

わたくしどもの事をおぼえていらっしゃいますか、わたしは昨年の冬青森から上野へまいる途中、一羽の白い鸚鵡といっしょに汽車に乗っていた赤い支那服の少女でございます。あの時お名刺をいただきまして、なにかこまることがあれば相談せよとおっしゃったおことばにすがってこのたびお願いいたしたいことがございまして、近日お宅へおうかがいします。お会いしていただければ幸福にぞんじます。

鳳《おおとり》　杏　子

レターペーパーを十二、三枚書きそんじはしたけれども一字もまちがいのない手紙が書きおわった。

「お姉さん、ちょっと読んで見てちょうだい。どう、このお手紙をあの小父さまへだしておきましょうよ」

とお俊に見せた。

「まあ、杏ちゃんとても字がうまいわねえ、そして文章も――どうでしょうおしまいの『お会いしていただければ幸福にぞんじます』なんてずいぶん気取っているのねえ――まあ、ほんとに、いつのまにこんなに杏ちゃんは勉強したの――」

とお俊は杏子の頭のよいのに驚嘆した。

その手紙を出してから、二日目の朝、お俊がようやく起きて髪を結いかけているところへ、靴の音がした。

「もしもしこちらかな――花村俊さんの家は？」

とあのがたぴしときしる格子戸のまえで声がした――花村俊とはお俊の本名です。

「ええ、そうですよ――」

お俊は髪を結いながら、そそっかしい返事をしました。そして台所のほうの杏子に、

「杏ちゃん、でてごらんなさい。お客さまよ」

と知らせると、杏子はいそいで玄関という名ばかりの――入口の二畳へ走ってでて見るとそこに津川老人が立っていた。

「まあ、あの小父さま！」

杏子は土間にとび降りるようにして、いそいで格子戸をあけた。

津川齋介はいつもかわらぬ古洋服に身をかためて、れいのごとくまるで田舎者のようなふうさいでにこにこしてはいってきた。

「おや、日本の着物を着ましたね。もうあかい支那服はぬいだと見えるな。ハッハヽヽヽ」

かれは泥だらけの靴をぬいでどんどん家のなかへあがりこんだ。

「お姉さん、あのおじさまがいらっしたのよ」

と、あわててしらせると、お俊は結いかけの髪をぐるぐる巻きにして一枚よりないお座蒲団をあっちにすえたりこっちにおいたり大さわぎをしている。

「どうぞ、かまわないで、昨日あのかわいい、しかしなかなかりっぱな手紙をみてさっそくやってきましたぞ、でもよくわたしどもを忘れずに相談してくれましたな、妻もたいへん喜んでいてな——わたしたちは、できるだけこまっている人のお手助けをしてあげたいと望んでいたのだから……」

齋介はまずこういってすわった。そして家中を見まわして、

「あなたがた姉妹きりでこの家におすまいかな？」

と家のようすを見てたずねた。

「ええ、さようでございます」

とお俊はいつもおてんばの口調をきくくせに、さすが齋介のまえではおぎょうぎよくしてていねいな口調だった。

「それでなにかこまったことができましたか、それからあなたのおとうさんには行き会いましたか」

齋介はよく杏子の口から聞いたことをおぼえていてたずねた。そこでお俊と杏子はかわるがわるかんたんにいままでの事情をはなした。お俊と杏子がほんとの姉妹でないこと、それから杏子の父はたずねて行ったがもう亡くなってこの世にいないとつげられて失望して帰ったこと、それからお俊がこんど地方巡業に行くことを――ともかくざっと齋介に語りきかせた。

「そうですか――お俊さんあなたは感心な方だな、じつの妹でもない人をこんなによく世話してやるとは――よろしい。それではあなたが地方巡業から帰る日までこの杏子さんをわたしたち夫婦であずかることにしましょう。わたしたちの家にも子供はひとりもいないのでな、もとは大事なひとり娘が、それも亡くなってその娘の子供――わたしどもに、かわいいかわいい孫がいたが、それも里子にやったままどこかへ連れて行かれて、いまもって死んだのか生きているのか、わからないのだ――そういうさびしい老人夫婦の家にこの杏子さんをあずかればかえってさびしさがまぎれよう。杏子さんはわたしがしっかりあずかりますから、あなたは安心して旅興行にでなさるがいい」

齋介はこうして杏子をあずかるといいだした。むろんこの場合それが一番いいことにちがいなかったから、杏子もお俊もそうけっしんした。

それで、いよいよ華陽劇団が浅草をひきあげて地方へでる前日、お俊はしばらくのあいだ杏子とくらした思い出おおい長屋をひきあげて、つくえや本箱、赤い支那服やマントとともに杏子をおくって東中野の斎介の家にむかった。

斎介の家はちいさな古びた青いペンキをぬった洋館だった。

入口の扉はもう杏子をむかえるようにひらかれて、老夫妻はにこにこしてでむかえた。

「待っていましたよ——杏子さんのお部屋も用意してあります」

と案内されてはいると、老夫妻の部屋には聖書をはじめなにかみなキリスト教に関する書籍でいっぱいだった。なんの飾りもない、その部屋の中央に古い写真が一枚かけてあった。わかい母親がおさない赤ン坊を抱いている写真だった。

「さあ、こちらが杏子さんのお部屋ですよ」

と、斎介の奥さんの浜子がさきにたって扉をあけると、それは六畳ばかりの洋室——窓ぎわにちいさいテーブルと椅子、本箱、それに部屋のひとすみにベッドがあり、扉のそばの壁にはオルガンが一台すえてあった。

「まあ、いいのねえ——」

きのうまであのきたない長屋で暮らした杏子がいきなりこんないいお部屋に住むと

は、お俊はわざわざ荷車に積ませてはこんだ、あの杏子の机を齋介や浜子にみせるのさえはずかしいと思った。お俊はちょっとみえ坊だったから……

「どうです、お俊さんあなたも安心して杏子さんをこの家へあずけますか……」

齋介はお俊にむかって笑いながらたずねた。

「安心どころか——もうもう大喜びでおあずけいたしますわ、ねえ——杏ちゃんうれしいでしょう、こんないいお部屋できようからあなたはくらせるのよ」

と杏子のほうをむくと、杏子はなぜかお俊の袂をつかんで、小声で——

「でも、お姉さんとごいっしょなら、もっともっとしあわせなのよ——」

「だって、わたしもまた東京へじきもどってくるからだいじょうぶよ——」

お俊も杏子とわかれてゆくのは心さびしいのだった。

「ではわたし、今晩の汽車で一座といっしょに出立しますから——杏ちゃんをおねがいいたします。これは杏ちゃんのためにつかっていただくように——」

とお俊はじぶんの女優としての給金の前借をしてきたお金の一万円をつつんで、齋介夫婦の前にさしだした。

「いや、このお金はいりませんよ、あなたのお留守のあいだはあなたにかわって杏子さんの身のお世話はいたしますよ。若い女の身一つでこんなによく赤の他人の女の子をお世話なさるのに、わたしたち夫婦が杏子さんをお世話するのはとうぜんですからね――」

齋介も浜子もそのお金をかえそうとしたが、

「でも、せっかく持ってあがったのですからお受けとりになってください、わたしも気がすみませんから」

お俊はどうしてもそのお金を齋介にとってもらわねば腹をたてそうなようすに、

「それでは杏子さんといっしょにこのお金もあずかっておきましょう――」

その晩お俊は上野駅をたって東北の地方巡業にむかった。杏子は東中野の省線の駅まで見送ってわかれた。

新生の巻

津川夫妻の家へ引きとられてからの杏子の生活は一変した。

お俊とふたりでいるときは不規則な生活だった。なにしろ夜おそくまで舞台にでて働くのだったから朝の早起きなどということはじつにむずかしいことで、いつも朝の陽がたかくなってから一日がはじまるようだった。杏子も亡き母とともに旅から旅を女奇術師の一行にはいっていたときはきたない劇場の楽屋のなかに起き伏ししていたこととて、人なみの生活ではけっしてなかったのである。それがいまようやく杏子が新しくふつうの少女の生活にはいることになった。

朝時計が五時を打つと津川家では浜子がまず起きだす、杏子ははじめてきた家とて眼ざとく家のなかのわずかな物音にも心おびえるようだった。彼女もじぶんの部屋のベッドですぐ起きて身じたくといってもお俊の買って与えた銘仙の袷があるばかりだけれど、杏子はその一枚きりの着物を寝るまえにもよく畳んでおいてたいせつにしていた。杏子はじぶんの部屋の雨戸をあけてから湯殿の洗面場で顔を洗い断髪をくしけずって、そして台所へでかけた浜子が朝ご飯のおしたくをしているのを手伝うのです。

「杏ちゃんお手伝いができますね、手品をならったりお台所のことまでしたの」

浜子が杏子のまめな手伝いぶりに感心して問う。

「ええ、あの――浅草にいましたとき、わたしお俊姉ちゃんとの小さいお家でおぼえたのです」

「そう——杏ちゃんはお台所のご用ばかりおぼえずとこんど学校の生活にも慣れてゆかなくてはねえ——あなたをどこかの女学校へいれてあげようっていま考えてわたしたちで相談しているのですよ」

浜子はいろいろとこんなことを杏子に話しかけながら、朝の食事のしたくをととのえ終った。

そのとき、齋介は庭をはき家中のそうじをしている。

「おじさま、お掃除はわたしがしますから」

と杏子は人の家に引きとられてやしなわれるからには、なんでもしなければならぬと思ってこういうと、

「いいよ、杏子あんたをなにも家の女中にやとったのではないからね、わたしの家のたいせつな子だと思って引きとったのだからあんたはつまりこの家の家族の一員なのだよ、わしの家は主人もだれもくべつなく皆それぞれ家事は受け持ってはたらくことにしているのだよ」

齋介はこういって、じぶんの受持ちのそうじを朝ご飯までにせっせとしている。

「さあご飯ですよ」

三人は食卓についた。杏子は齋介と浜子のあいだにちいさくなってすわった。夫妻は食卓についてもすぐ箸をとらず、眼を閉じるようにして黙想していたが、齋介がまずちいさい声で祈りをあげた。

「神よ、けさもわれらのために朝の光と食事をあたえたもうことを感謝します。われらふたりだけのわびしい生活のうえに神がひとりの少女をあたえたもうたことをよろこんでおります。彼女はわれら夫婦とともにこれから同じ喜びをわかち同じ悲しみと戦いつつ成長してゆく者でございます。われらの愛情の力のたらざるを神おぎない給うて彼女を守り給わんことを……アーメン」

杏子は齋介の祈りのことばを聞いてふしぎな思いと、夢のような心地がした。ただかりそめに知り合った少女をちまたからすくって、そして家のなかにいれ、そのうえその少女を与えられたと感謝する齋介の心持がうれしいというより、ややふしぎにさえ杏子は感じた。

なぜなら杏子はお俊につれられこの家へくるまでもじぶんの不幸な運命が、とうとうこうして人の家にやっかいにならねばならぬところまできたのを、せつなくも心苦しく思っていたのだから、齋介の祈りのことばのつぎに浜子が祈りをささげるのである。

「神さま、あなたはわたしどもふたりのあのように愛したひとりの娘と孫をうばい給うて、わたしどもの信仰をさらに強めてくださいました。そしていまここにひとりの娘をお送りくださいました。わたしどもはこの少女を得たにつきましても、わたしどもがまえにじぶんの娘についていてたらざりし愛をくい、いまその罪のつぐないにもこの少女を心からの愛を持ってはぐくみたいとのぞんでおります。神さまのみ力をもってわたしどものたらざる愛をおたすけくださいませ……」

これが浜子の祈りだった、杏子は思わず息のつまる感じがした。――他人のじぶんをひとり愛そうとしてこんなに神さまに祈る老夫婦のことばは杏子のいままで知らなかった不可解な世界だった。

杏子は老夫婦に感謝するまえに、吐息してかんがえずにはいられなかった。

「杏子もいまにお祈りをするようになれますよ――さあおあがり」

これから食事がはじまった。

食後のひとときを、浜子は杏子の部屋のオルガンのふたを開けて、椅子に杏子を腰かけさせて教則本をおいて鍵盤に手をつけて杏子にオルガンをおしえはじめた。

「このオルガンは亡くなった娘の靖子が子供のころからよく弾いたオルガンです、あの子は朝晩わたしどもの讃美歌にあわせて弾いてくれたのですよ。いまにおまえもよく弾けるようになってわたしたちの歌にあわせてくれましょうね」

浜子はこういいながら杏子にていねいに教えた、杏子がおぼつかなくも一心に弾きならうオルガンの音をききつつ浜子の老いた眼にはいつしか涙さえやどっていた。

「おお、その音――その音、このオルガンの音を久しぶりでわたしはききますよ。あの子がそうして弾いてくれたのを――あの子はほんとに音楽の才があった子でしたよ」

浜子のこういうことばに杏子はおどおどした。このおばさんの愛した娘が巧みに弾いたオルガンのようにわたしにはうまく弾けるかしら、わたしは音楽の才があるかないか――杏子は心配になってしまった。鸚鵡を使う奇術ならよくできたけれども、オルガンがたくみに弾けるようになるかどうか杏子にはまだ自信はもてなかった。

「さあ、オルガンのおけいこがすんだら、きょうもでかけましょう」

齋介はいつものようにふるびた洋服を着こんで、たくさんのパンフレットめいたものをつつんででかけると、浜子も出じたくをした。

「杏ちゃん、では夕方までお留守をたのみますよ。わたしたちはふたりでこのごろまいにち東京の街で路傍のお説教をはじめていますからね」

浜子はこういい、カステラをいくつかのせたお皿を杏子の部屋へもってきて、

「これは三時のおやつにおあがりなさい、おひるのご飯はさびしくてもひとりで食べてくださいよ」

となにかといい置いて、夫妻はそろってでかけた。

杏子は夫妻を玄関まで見送り、じぶんの部屋にかえってほっとした。彼女はじぶんの境遇の変化とともに落ちついて、なにもかも考えたり知ったりならったりしなければならないのだ。

夫妻が朝夕あんなに祈りをささげる神さまのこと、かって愛していた亡きひとり子のこと――それからそれへ――杏子の頭はめまぐるしく落ちつかなかった。

巷の巻

四月にはいった。

都の花はいちどに咲いた。上野はたいへんな人の群れである。その人通りの多い竹の台の道のそばに老夫婦が立っていて、その老人は身にふるびた洋服を着こんで、まるで田舎の昔の村長さんのような姿で立っているが、かれはけっして花見に上京した田舎の人ではないらしい——というのはかれは立って説教をしているのである。

「みなさん、花は咲きました。春はきました。ひとびとは花に浮かれてこうしてたくさんの人出です、けれども人間は花を見てたのしむのもよい。上野公園を散歩するのもよろしい……しかし人間は、じぶんの持つ大事な魂の問題をすこしは考えてみなければなりません。世の中には美しいこんな桜の花が咲きます。しかしその花を仰ぐ人々の心がみなこの花のようにきれいでしょうか。花にも負けぬ美しい人間ばかりいるのなら、この世の中はじつに天国です。しかし悲しいことには人間の心というものは花にくらべて、じつにあさましくきたないものです、人間は生まれながらにして罪を犯す力と智恵をもっています。また善きことをなしうる力も智恵も持っているのです。しかし多くの人はその人間の力を善きことにもちいずかえって悪と罪とにもちいるのです。そしておたがいの住むこの世を住みにくい地獄としてしまうのです、なんと考えて見ればわたしたちはこのうつくしいさくらの花にも恥じていいわけです」

と老人は声をかぎりに叫んでいる、そのそばで老いた妻らしい婦人は手にしたちいさい紙きれを通りすがりの人にわたしている、その紙には、

人間以上の強く高き「神」を知れ、みずからの罪をさとり、ただしき路に行くべき努力こそ巨万の富にもおおいなる名誉にもまさりて生きがいあるほまれと幸いなり

と印刷してある。しかしその紙を受けとった人たちはろくにその文字を読みもせず、もみくちゃにして道ばたにすててしまうのもあれば、中には廃物利用のつもりで鼻をかんですてるのもある……でもおもしろはんぶん花見帰りの客がすこし立ってこの老伝道師の辻説教を聞いている。

「みなさん、あなたがたは早くごじぶんの魂のけがれや、慾望や悪の重荷をおすてなさい。そして天をあおいでください、つねに人間を見まもる至高のただしき美しき人類の行く手のさしずをしてくださる神のまえにひざまずいて祈ってください――この世のなかの悪は人間の共同で追いはらうこともできます。この世のなかに美しさや善いことを生みだすのも人間の共同のしごとです。神はそれを待っていらっしゃるのです。どうぞみなさま一日も早くみずからの罪をくいてただしい神の声を聞いてください……」

と老伝道師が熱心にいいかけたとき、とつぜんかれを取りかこむ群衆のなかから、

「おい、しっけいなことをいうな、おれがいつ罪を犯した。おれは生まれていままで盗人《ぬすっと》もゆすりもしたおぼえはないぞッ、なにも悔いあらためることなんかないんだ、なにをしようこに人間はみな罪人だ。悔いあらためろっていうんだ、ばかッ」

と、ひとりの花見の酔っぱらいがおどりでて伝道師に怒り声をあびせた。群衆はおもしろがって笑い声をたてた。

「やれやれ、そうだ。しっかりやれ」

などと酔ッぱらいをおだてている者もあった。

そのとき、その群衆のまえを一台の大きな自動車がとおった。そのとたんそのまえを横切りかけたのは、洗いざらしの紺がすりの袷を着て、松葉杖をついた少年だった。かれは自動車をよけようとおもったが不自由な足なので、あっというまに車にあたって地にうちたおれた。

「ひかれた、ひかれた」

と人々はわっとざわめき自動車をかこんだ。自動車はひきょうにも逃げようとするように走りでようとしたが、その車のなかから、

「たいへんよ、車を早くとめて助けてあげてちょうだい」

美しい少女の声がひびいた。車を走らせて逃げようとした運転手もしかたなく車をとめて、かれは舌打ちをした。

車が止まると、なかからひらりと十四、五歳の上品な令嬢が降りたった。花模様の錦紗の袂が地にふれるほど彼女はいち早く腰をかがめて車のまえに倒れている少年を抱きあげようとした。

運転手もしかたなく降りてきて、いまいましそうに少年をにらんで、

「おい、しっかりしろ、おまえがばかだから、こんなことになるんだ、めくらじゃあるまいし、このおおきな自動車が見えないか」

としかりとばした。

「乙島なにいうんです。おわびをなさい、この方は、脚がご不自由なんですもの……ほんとにごめんください……おけがはございませんでしたか?」

令嬢はおどおどしたふうに少年の身を案じてかれにやさしくことばをかけた。

「いいえ……だいじょうぶです。ただたおれただけです。あぶなかったけれど……」

少年はこういって起きあがろうとした。たおれたときも手離さなかったのか、かれの手には一本の銀色のクラリオネットがひしとにぎられていた、令嬢は絹レースのふ

ちのついたちいさいハンカチをとりだして少年の手足の泥をはらい、かれのために散った下駄をそろえた、そして運転手のほうをむいて、

「乙島、早くこの方の松葉杖をさがしてあげてちょうだい」

とめいじた。運転手の乙島は不平そうに、

「ただ倒れただけならなにも車をとめなくってよかったんですよお嬢さん——」

とつぶやきながら、あたりをきょろきょろ少年の松葉杖をさがした。

「松葉杖はこれでしょう、しかし折れてもう役にはたたないんだが——」

こういいながら二つに折れた松葉杖を持ってひとりの青年がでてきた、身には大学の制服を着て色の浅黒い眉の秀でた見るからに賢こくたのもしげな青年である。

「なんだ折れちゃったのか、ちょッ」

運転手はそういっていきなりその青年の手から折れた松葉杖をひきとって地に腹だたしげに投げつけた。

「なにをするんだ。君はいったい不埒な運転手だな、さっきもこの気の毒な不具の少年をひき倒して逃げようとするし、いままた折れた松葉杖をみつけて持ってくれば投げつけたり……じつにけしからん。君はこの少年をひきたおし、そのうえだいじな松

葉杖を折ったのだ、心からこの少年に謝罪したまへ」

青年は運転手の無礼なたいどを怒ってとがめた。

「なにをッ大きなお世話だ、君は巡査ではあるまい、なにもぼくを叱りとばす権利はないよ」

運転手の乙島は青年にさからった。

「ぼくは警官ではないさ、警官でなくても、こんな不愉快なことをだまって見ていられないのだ。この上は早く警官を連れてきてきみの罪を報告するよ」

「ばかなことをいい給え、この男の子は血一しずく流したけがもないんだ。ただころんだだけだ、いいんだよ」

「けがをしないから、いいとはすまされないよ。この人の足になくてはならぬ松葉杖を折ってしまっているではないか」

青年は乙島のたいどに怒っていた。

「ごめんください、ほんとに申しわけがございません。この松葉杖はわたしのほうでさっそく新しく作らせて差しあげることにいたしますから……」

令嬢は青年のまえに首をさげた。そして乙島を見かえり、

「おまえはなぜそういばるんです、じぶんのほうが悪いのに……早くあやまってちょうだい」

という――乙島もしかたなげに少年に向かって、

「失敬、松葉杖は新しい上等のをまた買ってもらえるからいいだろ」

といいばっていう。

「あなたのお家はどちらですの、お宅までこの車でお送りしておとうさま方におわびいたしますから……」

令嬢はこう少年にたずねた。

「いいえ……いいんです……いいんです、それにぼく家もないんですし――お嬢さんにあやまっていただく親もないんですから……」

少年は美しい令嬢にあまりやさしくされて、むしろはずかしそうに首うなだれて答えた。

「まあ……」

令嬢はびっくりしてちょっと返事にこまった。

「なんだ宿なし子か――」

乙島はさすがにあわれむように少年のやつれた青白い顔を見つめた。

「お家がないのなら――これからわたしの家へまいりましょう。そして新しい松葉杖ができるまで家にいらしってくださいな」

令嬢は少年の手をとって起きあがらせつついった。

「お嬢さん、こんな男の子をひろってお邸へ連れて行ったりすると、お父さまにお叱りを受けますよ」

乙島はあきれていう。

「でも松葉杖が折れてしまへば、どんなにおこまりか知れないもの――お父さまにもよくおはなしすればお叱りになるはずはありませんもの――」

令嬢がこういっている間に、その自動車を取りかこんでこの光景を見る人々が集まってきた。

「お嬢さん、たいへんですよ。いまに巡査がきたりするとめんどうですから早く行きましょう」

乙島はいさいかまわず車に乗って逃げ出そうとした。

「お嬢さん、あなたのやさしいお心はよくわかりました。もうよろしいのです、ご心配なくお帰りなさい、この気の毒な少年はぼくがひき受けます、松葉杖もぼくが買ってやることにします。お嬢さんはさあ車にお乗りなさい」

青年はこう言って、少年を抱きあげて、

「君はぼくのところへきたまえ――できるだけ君の友達になって相談してあげようね」

かれは少年を地に立たせて、松葉杖のかわりにかれのたくましい肩を少年の手にささえさせた。

「ありがとうぞんじます。でもそれでは申しわけございません――わたしのほうは、麹町下六番町の安河内でございます――あなたのお宿をうかがっておいていずれ邸からおわびにもまいりますし、そのかたの杖をとどけさせますが」

少女としてはせいいっぱいの努力で、このこまった立場に立って一生けんめいでいうのである。

「ハッ……わかりました。もうご心配なく、それにこの少年はべつにけがはしていませんから。ご安心なさい。さあ早く車にお乗りなさい」

青年はむしろ気の毒そうに令嬢をなぐさめるのである。

「では、ごめんください」

令嬢もあんまり人だかりがするので、きまりがわるくってたまらずとうとう車内にはいった。

「ではかんにんしてくださいね」

と少年のほうを車のなかから見て令嬢はいかにもすまなかったという心持で悲しそうに別れをつげた。

運転手は車に乗りながら、青年のほうをにらんで、

「ふん、よけいなやつが飛びだして時間をとらせたなッ」

と悪口をいってのけて、ひらりと運転台に乗ろうとしたが、そのとき青年のにぎりしめた拳は宙をとんで、いきなりこのにくにくしい運転手の頬をはげしく打った。かれは打たれて怒り青年のほうを振り向いてじぶんも拳をあげてせまったが、青年は早くも身をひるがえして、この不良運転手の身体はもんどり打って地に投げつけられた。群衆はわっと叫び声をあげた。

このありさまに車内の令嬢は、どうしていいか――まったく、ちいさい彼女の胸はわれるばかりだった。

運転手もこの青年の腕力にかなわぬと感じたのか、車のなかに逃げこむや一散に走

りだした。車の奥には美しい令嬢が涙ぐんでだまっていた。自動車が去ってしまうと、青年は微笑んで、

「君、ぼくの肩につかまっていたまえ、そこまで行けば車があるから、それでぼくの宿まで行くことにしよう」

と少年をいたわり助けつつ歩きだしたとき、うしろから「もしもし」と、呼びとめる声に振り向くとそこに老伝道師とその奥さんがにこやかに立っていた。

「ひさしぶりでまたお眼にかかりましたね、あなたはいつも人を助けて名をいわぬ青年ですね、ハッハ、、」

伝道師にいわれて青年はこの老夫妻の顔をみつめた。

「おう、あなたたちはいつか汽車のなかでお眼にかかった方ですね。いやまだお眼にかかるのは早すぎましたよ。なぜならぼくが大臣にならないうちにお会いするなんて……」

青年も笑った。

この青年こそ、さきには汽車のなかで杏子をたすけ、またここで少年をたすけたあの若い車掌なのだった。

「あなたは車掌をおよしになったのですか?」

伝道師は青年の学生服をながめた。

「そうです、そして上京して大学に通っています、高等文官の試験を受けようかと思っているんですが……」

「いや、それはえらい。あなたのご成功をあのとき以来わたしども夫婦は神においのりしていますよ。そしていまあなたはその男の子をお引きとりになるんですか――」

「まあ、事情を聞いた上、ぼくは力をつくしてやろうと思うんです。なにしろクラリオネット一本持って松葉杖をついて家もなく親もなくさまよって、自動車にたおされたりする気のどくな少年を見すてることはできませんから……」

青年はこういうと老伝道師はうなずいて少年のほうを見た。老婦人はさらに熱心に少年の顔をじっとくいいるようにながめて首をかしげていた。

「ではまたお眼にかかりましょう、いまはいそぎますから……」

青年は会釈して、少年の手を取りつつ歩きだした。

「じつに感心な人だ――名前だけでもしりたいが、まだいうまいなあ――世の中はあいう人たちがそろっていれば、わしもなにも道ばたでお説教もせずにすむのだが

——それがなかなか悪いやつばかり多いからな——いまの運転手のような悪魔の手下がおおいのでなあ……」

老伝道師——津川齋介が嘆息してからひとり言をいいながら、去りゆく青年と少年の姿を見送っているときは、もう日もたそがれて、花の梢もほのぐらくなり人々は帰路をいそいで、山下辺《やましたへん》の電燈のあかりが星のように見えはじめた。

「わたし達もそろそろ帰るとしよう。きょうの伝道は失敗だったな。酔っぱらいにはさわがれるし、そこへあの自動車のさわぎでみなあっちへ集まってしまって、だれひとりわしの話を聞いている者はなかったし……」

津川伝道師はさびしそうなようすで妻の浜子とつれだって上野の山をとぼとぼとおり立った。

「あなた、あの足のわるい子はなんだか、銀之助にどこか面影がよく似ているような、気がしましたけれど……」

浜子は考えこんだ顔つきでこういった。

「なに——銀之助に似ている……それはおまえがいつもあの孫のことを考えているからだろう」

齋介は首をふった。

「でも……なんだか気になってなりません。もしかしたら、神様がおひき合わせになったのではないでしょうか——ほんとに残念ですこと、あの青年の方のお宿さえ知っておけば、あの男の子の身もとなりとたずねて行けたのですのに——」

浜子はわびしそうに眼を伏せて——あのさっきの男の子の顔にどうしても忘れ得ぬひとつのおもかげのやどっていることを考えだすのだった。

「なにもつまらぬことを案じてならん、きょうのことはきょうで足る、明日から思いわずらうことなくいっさいは神のみ心におまかせしなさい」

齋介はこう説いた——桜の匂う巷にも、この老夫婦は春におきわすれられた人のごとく、うすぎたない衣服に身をくるんで、神の教えを説きつつ一日をおわってさびしく、たそがれの路を帰りゆくのだった。

入学の巻

杏子の女学校入学の問題は津川夫妻のあいだではいくどか相談された。もう四月にはいっていたし、どこの女学校でも入学試験がすんでしまって、そのあとからはいるということはとてもできないことであり、小学校の科目を正当におさめていない杏子をいざ女学校へいれるとなると、そこにはいろいろな困難なさまたげがあった。

「いっそあの子をむりに女学校に人なみにあげないで、それよりうちに置いてあなたとふたりでなにかと教えてやれば、女学校程度の学力ぐらいつけてやれるかも知れませんね」

と浜子が齋介にいった。

「それもそうだが――しかしあの子には単に学力をつけさせるという以外に学校生活をさせる必要があると思うがね」

「それはまたどうわけですの」

「なぜならあの子はふつうの家庭にもいままで育たず、学校へなどもちろん行ったことはない、まるで世界がちがう手品師の群れにはいって旅をさまよっていたというのだから、よほどあたりまえの少女とはちがうだろうし、手品のことはよく知っていてもふつうの少女の知っていることやその気持ちなど知らぬことがおおいだろう、そこでこの春からともかくもどこかの女学校へやるならば知らずに健全な少女とまじわって感化を受けることもできるし、ぜひ一度はとおらなければいけない、団体生活の訓練を受けることができるのだからね」

齋介がそういうと浜子はいかにもとうなずき「それはいかにもそうですね——それにしてもあの子をさしあたってあげる女学校がなければこまりますね」

「それでさがしているのだがね、なにもとくべつひょうばんのよい学校というわけではなく、まあともかく、あの子をいれてくれる女学校はないものかね」

というと、

「そういえばけさ新聞にまだ聞いたことのないような女学校が、生徒募集を広告していましたがそこなどはどうでしょう」

と浜子は立ちあがって新聞紙をひろげた。

「ここですよ」とさすところを見ると、そこには、

「緑ガ丘女学院生徒募集一年約千名二年若干名」と書いてある。

「ほほう、なるほど、これはできたてのほやほやの女学校らしいな、××駅より約五分、郊外景勝の地——ほほうまるで温泉宿の広告のようじゃハハ……」

「でもともかく聞きあわせてみましょう」

齋介はさっそく十円切手を封入、規則書を請求するとまもなくかんたんな印刷物がきた。それには尋常小学校卒業あるいは右同等の学力ある者は一年に入学資格があるとかいてあるのみでべつに入学試験はないようである、それに入学願書の締切も四月卅日限りとあるがずいぶん悠長である。そして校長は風早君子《かざはやきみこ》女史という人で、同女史は日本の国でも早くから女子教育にたずさわった人であまたの貴族の子女を薫育した人であるという履歴まで書き添えてあって、その学校は本春はじめて創立せられたもので、時代に適した健全な日本婦人を養成するのが目的で、多大の抱負をもって同女史が生涯をささげて、献身的努力のもとにわが国女子教育に貢献しようとするものであると書きたててあった。

「よかろう、ともかくこの学校にあげようじゃないか、まだ新しい学校だが、当人さえ勉強すれば学校はどうでもならうことだけは身につくものじゃ」

「でもなんだかよくも知れていない女学校へいそいでやるくらいならあと一年まって、来春からわたし達の知っている方たちにねがってなりと、どこかミッションスクールへやることもできるんですがね」

とあまり気のすすまぬようすである。

「さあ、だがそれはまた来春のこととして、今年はともかくその学校へあげておいてやろう、こうして毎日わたし達が伝道説教にでたあと、ひとりで家にるすをさせるのもかわいそうじゃし」

と齋介はともかく杏子をその緑ガ丘女学校にいれることに決心した。

それで齋介が入学願書をかき学校へ差しだすことにしたが、それにしても杏子の履歴が履歴でまた戸籍もどうなっていることやらわからず、どうしても一応学校の諒解を得ておかなければならないようなので一日齋介は杏子をともなって緑ガ丘女学院にでかけた。郊外××駅から五分とは書いてあるが、まがりくねった郊外の道を歩くといそいでも十分ほどはかかる。そこに小高い丘といっても雑木林がちょっぴり残っていてまわりの田畑だったのを埋めて新開地らしくやすい貸家がたちかけている。その中ほどにかたちばかりのひばの垣根をめぐらし新しい大きな門柱が立っていて、削りたての板に緑ガ丘女学院と墨くろぐろとかいてあるその下に、生徒募集と書いたポスターめいた紙が半分ちぎれて春のそよ風になんだかさびしそうにひらひらしている、その門の奥のつきあたりに一棟の下見板《したみいた》で防腐剤でぬったバラックふうの粗末な建物がある。玄関といってもふつうの邸の入口ほどでまことに学校としてはちいさいものだ、でも校庭だけはさすがに郊外らしくひろく、約二千坪ほどの広いところだが雑草の生えるにまかせてまだなにひとつ手入れはしていない。校舎もがらんとしてひとけはない。

齋介がたびたび声をかけると、奥から黒い事務服のようなよごれたうわっ張りをきて、年はとっているがづんぐりと肥ってなかなか元気のよいおばあさんがでてきた、杏子はそれはたぶん小使いばあさんだろうと思った。

「校長におめにかかりたいのですが」

といって齋介はれいのぼろ財布から名刺を取りだした、黒いうわっ張りのおばあさんはにこにこ笑って齋介と杏子を見くらべながら、

「わたしが校長でございます」

といった。

「あらまあ」と杏子は心のなかでさけんだ。

「いや、そうでしたか、さっそくですがこの子をひとつこちらへお世話になりたいと思ってまいったのですが――」

と斎介がいうと、

「そうですかそれはようこそ」

とまるでお客様でもきたようにうちとけて、校長さんはふたりを入口近くの部屋へ案内して、

「しばらくお待ちください」といい置いてでてゆかれた。

「なかなかおもしろい女の校長さんらしいね」

と斎介は杏子をかえりみて笑った、そこへさっきの校長さんが黒いうわっ張りを脱いで質素な着物に袴で紋付の羽織を着てでてこられた。その姿はいかにも校長さんらしかった。

「さきほどは失礼しました。わたしが風早君子でございます」

と校長さんらしい威厳をもってあらためて挨拶された。

「このお嬢さんのご入学ですね」

とさっそく杏子をお嬢さんあつかいにした。

「そうです、じつは事情がございまして、いままでに小学校も卒業してはおりません
――ずうっと旅まわりの奇術師の一座にはいっておったのを縁があってわたしが引取

ることになりましたのでこれからは娘のつもりで面倒をみてゆきたいと思っているのです。両親とも相当のものであったらしいのですが、いまはふたりともなくなっておりますし、まえに申しあげたように奇術師の一座にいたくらいですからその辺のことははっきりせんのですが——ふつうであったらこういう少女をお願いするのはご迷惑と思いますが、おおそれにこの子の母は日本人ではないので中国の婦人なのです」

　齋介にそういわれるとおどろいたように風早女史は杏子をながめていたが、

「そうですか、それはめずらしい方ですね、そういう境遇にいた方がこれから勉強なさろうというのはたいへん頼もしいことで、それにあなたもご奇特なことですね」

　と風早女史は乗気になっていわれたが、はたとこまったらしく、

「しかし、小学校を一日もしていらっしゃらないではどういうものでしょうね、せっかくご入学になっても——」

「いや、そのご心配はごもっともです。ところが——どうもこの子は感心な子で、ずっといぜん子どものころには母親がそうとう教養があった人と見え、この子に読み書きを教えておったらしく、いまではじぶんでも女学校一年の教科書ぐらいなら十分読む事はできるように思われます。その点はおふくみを願います。ただしほかの学科たと

えば数学とか理科とか地歴などというのは正しい科目をふんでおりませんからそれはどうもすこしこまっておりますが」

それを聞くと風早女史はさも安心したようにいさみ立ち、

「おおそうですか、それなら大丈夫でしょう、読書力があるようならほかの学科も勉強しだいでおのずと道が立ってまいりますから……ここでは小学校卒業の学歴があれば、もうほんのメンタルテストのようなことをするだけでご入学はさしつかえないのですが、その点試験地獄などという苦しみはないわけなのですが——それではちょうどいらしったのをさいわいここでわたしが二つ三つうかがってみることにしましょうか」

と杏子のほうにむかって椅子を乗りだした。

と杏子は早くもどきどきした、メンタルテスト、それはどんなものか生まれてまだきいた事もない。手品ならやさしいのにそのわけのわからないものは一体なんだろう、脚がふるえそうだったけれどもその時思い出したのはいつかお俊ちゃんがじぶんにいって聞かせてくれた言葉である。

「人生というものはいつも嵐が吹いているのよ、勇気をだしてそれを乗りこさなければならないわ」——ああそうだわ、メンタルテストという嵐をわたしは乗りこすのだわ、と思うとやや心も落ちついてきた。

風早女史はうしろの机のうえから一冊の本を持ってきてパタリとひらき、

「ここを読んでごらんなさい」

とだされたのはなにかやさしい童話の本らしかった。仮名がたくさん使って書いてあるので、杏子にはもちろんたやすくすらすら読めた。

象が風邪をひいて水っぱなをたらしているというのを向かいのライオンからきいて猿は見舞状をかきました。

はいけい
たいへん、お寒うございます。きょうライオンさんから聞いてびっくりしているのですが、あなたは風邪をひいて弱っていられるそうですがいかがですか。熱はひどいですか、案じています。今年の節分には、あなたの家へみんなでお邪魔にあがるつもりでいましたのに、それではご病気にさわっていけないでしょう。残念ですがいたしかたがありません。どうぞ早くよくなってください。ご全快を待っています。
二月一日あさ

　そこまで杏子がすらすらと読むと風早女史はうなずいて、

「たいそうよく読めました、それでは字の意味をうかがいましょうね、――節分とはなんのことでございましょう?」

　と問われると杏子はたちまちつまった。

　節分! 節分! なんだか聞いたことはあるようだけれどなんだかはっきりわからない、それもそのはずである。もし日本の一軒の家庭のなかに育った杏子であったならば、あの鬼は外福は内といって豆をまく日だぐらいなことは常識として知っていたにちがいないのだが、年中旅から旅をさまよっていた彼女のあわただしい生活のなかには、そんなことを知る機会さえめぐまれていなかったのであるものを――それゆえについに杏子はその節分という問いに答うるすべも知らず、早くも涙ぐんでさしうつむいてしまった。(もうわたしは試験には落第なんだわ)と思うと杏子はいきなり泣きだしたいようだった。

そのとき、たすけ船のように齋介が言葉をだした。

「どうもいままでの生活が生活ですから、そういうことは知らんでしょうな、むりもない――もちろんわたしの家でも豆まきなどはありませんな、追いだす鬼もおらんようだし、それにべつに福の神もむりにきてもらいとうもないアハ、、、」

試験官の風早女史もつりこまれて笑いだし「さようでございましたね、うっかりしてむずかしいことを聞いておこまりになったでしょう、それではつぎに、もうすこしむずかしいこの本を読んでごらんなさい」

こんどの本はすこしむずかしそうだったがそれでも杏子は一字もつまらずに読めた。

ベルギーの婦人は商売じょうずです、マッチ一つ買ってもじつにあいそが好い、いわゆる人見しりをしないで、商売専心につとめます、かれらはきれい好きです、一日ひまがあれば、窓ガラスをふき掃除していています。どの家の窓もキラキラかがやいています。夜になると商店などでは、ちょうどわが国の大晦日のように庭に水をまいて大掃除をやっています。かれらは勤勉です。なかにはカフェーへいって茶、コーヒー、赤い酒をのんで、カルタをやり年中遊んでいるような人もありますが、労働婦人はじつに勤勉です。ことに下婢《かひ》はすこしも骨おしみをせず終日働きつづけます。朝から晩まで、食堂の物はこび、掃除、せんたく、ああのべつやっていてよくつかれないと思うくらいです。

かくベルギー婦人の勤労にたえるのは、過去の歴史において、あるいはフランス、オランダ、近くはドイツに威圧され、侵略され、じゅうりんされた国難の経験もあずかって力ありということです。

「これもまたよく読めました、それではいま読んだところの意味は一口にいうとどういうことでしょう」

と聞かれるとこんどは杏子はいさみ立って、こんどはもうわからないことはないのである。節分とちがって大晦日は杏子にもよくわかっていたし、それで杏子ははっきりと答えた。

「それは、ベルギーの女の人はみんなよく働いてあいきょうがよく一生けんめいで、お家のなかのお掃除などもよくするということでございます」

風早女史はその答えにたいへんよくうなずかれて、

「そうです、たいへんよくおわかりになりました――お掃除はほんとによくしなければなりませんね。わたしもさっきうわっ張りを着てガラス戸拭きをしておったのでございますよホホ、、」

　すると齋介がまた口をだした。

「やあ、そうでしたか、校長さんじしんで学校のお掃除をなさるとな、じつによい校風ですな、わたしはすっかり気にいりましたよ」

　杏子は二度目にはすっかりお答えができて、ほめられたのでほっとした。すると風早女史はまた、その本のページをひるがえして、

「この歌をひとつ――」


　ながしつる四つの笹舟紅梅《ささぶねこうばい》を載せしがことにおくれてゆきぬ

「その歌の心持は？」と聞かれて杏子はちょっと考えた。

「それは、笹を折ってつくったお舟を小川に四つながしましたが、そのひとつに紅梅の花を一輪のせましたのでその重みでその舟がいちばんおくれて流れてゆくというのでございます」

「そう、そう――ではその笹舟を流した人はいったいどんな人だと思います？」

「あの、それは――きっと心のやさしい女の子だったと思います」

「えらい！　及第ですね、ではおしまいにもうひとつこの歌は？」

杏子がつぎの歌をよんだ。


村はずれ緋桃《ひもも》花さく板橋のたもとに立ちぬ少女《おとめ》と君と

杏子ははたとこまった。村はずれもわかる。緋桃も知っている、板橋のたもとも、少女も、しかし君とはなんだろう君とは、君とは――杏子はおどおどしながら、

「あの、このお歌は、田舎のさびしい村はずれにそまつな橋があって、その橋のそばに紅い桃の花が咲いていて、そのしたに少女がいるのでございますけど、あの――君っていうのがわかりません」

と杏子はしょげて元気なくちいさい声でいった。

「ホホヽヽヽ」校長さんが笑いだした、そしてやさしく、

「それでけっこうです、おわかりにならないでも……」

齋介も笑いだした。

『君』なんてわかるまいな、いかにもハハ、、、」

試験だというのに先生もおじさまもよくのどかに笑うこと、

「試験はこれでおしまいにいたしましょう。ともかくこのくらいお読みになれるし、おわかりになれば大丈夫でございます。数学や理科は、学校へいらしってからまたよくご勉強ねがいましょう、では始業の日をご通知いたしますからいらしってください」

杏子はほっとしてほんとにうれしかった――ああ、これでいよいよ女学生になれるのだ、女学校の生徒のすがたそれはどんなにこの年月、涙ぐましいまでの憧れのまとであったろう、いよいよ、その日が杏子にもめぐまれたのである。齋介と杏子は親切な校長さんにおいとましていさみ立って家に帰った。家では浜子がその日の結果を心配してまっていた。

「いかがでした、杏ちゃんはぶじ入学できそうでございますか?」

「できたとも、できたとも、大できだよ、もう、確実にきまったよ、なかなかふるった学校でね、校長さん自身で校舎のガラス戸のそうじをするという方さ、そういう点はわたし達の主義と一致してたのもしいじゃないか、しかしなにしろ建ったばかりのバラック建ての学校で、財政はあまりゆたかでもあるまいが、まあ好いさ、ともかく行ってて勉強さえできればにとってなによりしあわせというものだからね」

この晩、齋介夫婦はまたその食事につくまえ、杏子が女学校に入学できたことを神様にお礼のいのりをささげた。

そして浜子は杏子のために、学校の教科書や通学のあたらしい洋服や靴まで、手まわし早く買いもとめるしたくをした。

浜子はいく晩も齋介に相談したり杏子にきいてみたりしたあげく、洋服は紺のセーラー型、靴は一つボタンの短靴の黒、帽子は白のフェルトに大体きめた、そして三越だの松屋だのに浜子が杏子をつれてはでかけた。三越の四階の洋服部でやっと考えにちかい紺サージのセーラー服をみつけたときには浜子も杏子もずいぶんつかれてしまった。それは質素なかざりけのない、三本の白線が衿と手首とにはいっているあっさりとした型だった、でも地質は浜子がたいへん上等のをえらんだ、胸には黒いゆったりとしたネクタイを結ぶのだった、帽子も白い上品なかざりのないフェルトのが、すぐそばの陳列台にあるのが、これはじきとみつかった。

「おとどけいたしましょう?」

と、おしゃれな最新流行の合着《あいぎ》の服を身につけた店員が、つかれて売場のまえのこしかけに、ぐったりと腰をおろした浜子へていねいにきいた。

「そうですね——いいえやっぱり持ってゆきましょう、杏ちゃん、そうしましょうね、待ちどおしいものねえ」

浜子はやさしく笑ってほんとうの娘のように杏子のうれしそうなしあわせそうなようすを、じぶんもうれしくてたまらないように見ながらそういった。

包みのできる間、杏子は浜子とならんで腰をおろしながらあたりを見まわした。一月ほどまえお俊ちゃんとはじめて三越の見物にきたとき——あのときのことを杏子は思いだした、あのときは机と本を買っていただけると思っただけでも天にのぼるほどうれしかった、だのにいまはわたしは女学校へ行けるようになってしまって、あんなにりっぱな気にいった服と帽子と——きょうもその辺には幾人も女学生らしい少女のはなやかな姿は目にはいった。けれどもいまは杏子はだれもうらやましくはなかった。だれよりもだれよりもじぶんが幸福に思われた。杏子はなんだか涙ぐむほどじぶんをしあわせだと思ったのでいつでもじぶんをかわいがってくださる、じぶんのことをしあわせにしようとしていたお俊ねえさんのことが思いだされてしようがなかった。あまり便りのないお俊ちゃん——奇術師の一座ではなくとも旅まわりのわびしさ悲しさは杏子にはよくわかっていた、そういうわびしい思いや悲しいめにあわせたくないので、お俊ちゃんが杏子をわざわざ手ばなして津川夫妻にあずけたのだったから、杏子はお俊ちゃんのことを思うと、じぶんがしあわせすぎてすまないような気がするのだった。

お俊姉さんがせっかく杏子のために銘仙を買ってあげようといったとき、あんまり乗気にならないでお俊姉さんをしつぼうさせたことだの、食堂からでたとき、女学生をみてしずみこんで心配させたことだの、みんな杏子はすまなくすまなく思いだした、杏子がだんだんしおれてきたので浜子は心配そうに、

「つかれたの、杏ちゃん？」

と聞いた。

「いいえ、あの、わたし、お俊姉さんのこと思い出していたものですから――」

杏子はきかれてびっくりしてそうこたえてしまった。

「ああ、そう！　そういえばこのごろあんまりお便りはないようだけれど――おいそがしいのだろうかねえ」

浜子はやさしく案じた、杏子はお俊姉さんが旅先で居所もさだまらぬこととて、こ

の喜びにつけ悲しみにつけ、手紙をだすこともできないのがさびしかった。またお俊姉さんもあんなに親切にはしてくださるけれども、その境遇のならわしから、またそのさっぱりとして江戸っ子らしいおきゃんな性質からも、あまり手紙などでめそめそといってよこす人ではなかった、それでいまふたりは別れているままおたがいの心持をかよわす術もないのが、杏子にはさびしくてならないのである、一日も早くお俊姉さんが旅興行をおわってまた東京へ帰ってきて、別れてからのちの日のことを、山ほど話す日のくる事を杏子は、なににつけても待ちこがれているのであった。

東中野の家へ、ボール箱にはいった洋服と帽子を浜子といっしょに大切そうにかかえていそいそともうわが家と呼んでも好いほどなじんだその家に杏子は帰った。

浜子はつかれをわすれて、まもなく旧式なふるびた手ミシンを持ちだし下着の布に買ってきた白キャラコを裁ち、ミシンをがたがたとならした。

それがじぶんの下着を縫ってくださるのだと知って杏子はすこしでもお手伝いがしたいとそばについていた。

「おばさま、そのうちミシンの使いかたを教えてくださいな、わたし、じぶんの下着くらい縫えるようになりたいのですもの」

といった、すると浜子はミシンをならしながら、いつしかふっと涙ぐんで杏子をみつめた。

「ほんとうにいまに杏ちゃんもミシンを使うようになるでしょうね、このミシンもね、なくなった娘の靖子に習わせたかたみのミシンなのですよ――ほんとうにあの子はふしあわせな娘でした。その娘の忘れがたみになったかわいい男の子も、娘の病気のあいだよそへあずけておいたその里親ごと行方がわからなくなってしまって、その時は五つのかわいいさかりだったのに……」

とミシンの手をとめて浜子はいまさらに涙にくれるようすだった。

杏子はこの親切な年寄ったおば様がひとり娘やその孫をうばわれた悲しい人だと思うと、なぜこんなやさしいおじ様おば様を神様はおたすけにならないのかとふしぎでならなかった。そして杏子は夫妻の室の正面の壁にかかっているふるびた写真に眼をやった、そこには柔和な美しい顔だちの若い母親が、まるまると肥った、かわいい赤ん坊をだいている、杏子はそれをさして、

「おばさま、靖子さんとおっしゃる方はこのお方でございますね」

「ええ、そうです、その子のかわりにあなたをわたし達は神様からあたえられたので

す、靖子も天国でよろこんでおりましょう」

といまさらに浜子はなつかしさにしみじみとその写真を見いるのだった。

杏子もそういわれるとなぐさめ顔に、

「ではおば様この赤ちゃんが小さい時に、里子にやられて行方がわからなくなったのですの？」

「ええ、そうです、ずいぶんわたし達はその行方を探したのですがわからないのです――ただわたしどもの一筋の望みは、その子がどこにあってても生きてさえいてくれたら、そして正しい人間として生長して行ってくれるのだったら、神様がきっとお守りくださると思うことです」

杏子はそれを聞いて涙の浮かぶ気持ちがした。わが身にひきくらべて――

「そのお子さんもどんなに悲しいでしょうね、そしてじぶんをこんなに探していらっしゃるやさしいおじい様やおばあ様のあることも知らないのですわね、そしてわたしのように孤児になって――でも神様はそういう方は、きっとあのお俊姉さんや、おじ様やおば様のようなしんせつな好い方をおつかわしになっていると思いますわ、ちょうどわたしみたいにね」

それを聞いた浜子はうなずき、

「ほんとにそうであったらと毎日思っているのです。わたし達があなたをほんとうの子供か孫と思っている小さな行ないをもし神様がお喜びくださるとしたら、きっとその神様はあの子をも大きなみ手のなかにお守りくださるにちがいありません」

「そしてやがておば様たちとめぐりあえるようにわたしも祈りますわ、でもわたしはおとう様にもおかあ様にももうこの世ではおめにかかれないのですわ、おかあ様はああして旅先の汚ない楽屋でおなくなりになるし、せっかくたずねてきたおとう様ももう生きてはいらっしゃらないといわれたのですし……」

と杏子はうちしおれた、浜子もそれをきいて、ほんとうに肉親とあらゆるものに死に別れてしまったこの少女子《おとめご》を心からかわいそうに思いじぶん達夫婦がどうにかしてこの子をできるだけ幸福な生涯に生い立たせてやりたいとさらに強く願うのだった。

「でも杏ちゃん悲しんではいけません、あなたはほんとうにだれにでも愛される人です。たとえば奇術師の一座にはいっていたときは、あの親切なお俊さんがあなたをかわいがってくれたでしょう。それから汽車のなかで鸚鵡を見つけたときにもあんな親切なやさしい車掌さん――」

といいかけたとき、浜子は杏子の入学や、その他で夫妻ともめまぐるしく心をつかっていたのでついに話すおりのなかった、あの上野の山ではからずもめぐりあったあの若き車掌との奇遇を思いだした。

「そうそう、あなたにはなすことを忘れていました、ついこのあいだ上野の山の花のしたでわたし達ふたりが伝道していたときあの車掌さんにちょっと会ったのですよ、それでおじさんが名前をきいたのにやっぱり例のごとく、大臣になってから名乗るといってさっさと行ってしまうのですよ。ホホ、、、」

それをきいて杏子はいまさらに飛びあがらぬばかりにおどろいて、

「まあ、あの車掌さんが——東京でまたお会いになったのですの！　まあ！……」

「いまは車掌さんはよして、どこか大学にはいって勉強しているのだそうです」

「あら、では東京に住んでいらっしゃるのねえ、わたしどんなにしてでもおめにかかりたいわ、あの白蘭花《バレエホ》だってきっと取りかえしてくださると思うんですの——」

「そう、そうあの白い鸚鵡もあの車掌さんが心配してくれたのですね。わたし達はあのとき杏ちゃんがわたし達と暮らすようになったことを一言でも知らせてあげればよかったのにねえ、ざんねんでした」

浜子はあのときもっと若い青年を引きとめてくわしく話をすべきだったとかるい悔いさえ感じるのだった。

「でも東京にいらっしゃるならわたしきっとめぐり会えると思いますの、そしてそのことをお俊姉さんに知らせてあげられるようになったら……」

と杏子は吐息をした。

ところへ玄関のドアがあいて齋介がにこにこしてはいってきた。

「お帰りなさいまし」

と浜子と杏子がでむかえると、

「杏子、おめでとう、これをごらん、いよいよ女学生開業の認可証だよハハ、、、」

と笑いながら差しだした一葉の葉書には、緑ガ丘女学院からいよいよ授業開始につき登校せよとの通知であった。

「どうだ、きょうは杏ちゃんが女学生になるお祝いに赤飯でも炊いたらハッハ……」

とふたりを笑わせるのだった。

学校の巻

杏子がうまれてはじめての学校にはいったのは四月の下旬だった。もうそのころはどこの女学校だって新学年がはじまっていた。大学だって学期がはじまっている――けれど緑ガ丘女学院はなにしろ新しい学校だけに、開校がいろいろの準備でおくれたのであろう。

読者のみなさまもご存じのように杏子の女学生のおしたくは、もうちゃんとできあがっていたのだからその点は大丈夫、彼女は喜びいさんで初登校をしたのだった。

「杏子ちゃんをこんどはわたしが連れてまいりましょうか――」

浜子おばさんがいいだした。

「そうだね、入学式のあとで父兄にお話があるそうだから――いっしょについて行ったがいいだろう」

それで――その日は齋介おじさんがおるす番で浜子がおかあさん代りで杏子を連れて学校を見ながら行くことになった。先日一日がかりでお見立ての紺サージのセーラー服に白のフェルト帽子、一つボタンの短靴――夜明けごろから杏子はその品々を置きならべていじくり廻していた。

その日の朝ご飯は杏子はろくに咽喉もとおらなかった。

「九時にはじまるんですのね、きょうだけ——あすから八時始まりなんですの——」

などとしきりと時間を気にしているのに、おばさん達はゆうゆうとして朝のお祈りをゆっくりして、

「ここからはじきだから、そうせかないでもいいんですよ」

とゆっくりとかまえていられるので気がきでない——

それでも杏子があんまりそわそわしているので——

「ではでかけましょうかね——なんだか杏子ちゃんが、こう落ちつかないようですからホッ…」

とうとう杏子の気持ちはおば様に見やぶられてしまった。

「いいえ、まだ時間があるんですもの、ゆっくりなすって」

と杏子は赤くなっていいわけした。

「ホヽ、うそでしょう、早く学校へでかけたいんでしょう……」

とおばさんにからかわれる。

「それはむりもないよ、おまえなにしろよその女の子だって、女学校への新入学は胸がわくわくするくらいだろうにましてこの子は生まれてはじめて学校生活をあじわうのだから、よけいうれしいはずだろう」

おじさんはよく察してくださる。それですこし早目に学校にでかけた。

××駅を降りたとき杏子はさぞじぶんとおなじようにその日胸とどろかしてたくさんの女学生が緑ガ丘女学院めがけて行くことと想像していたのに、駅を降りて学校へ行く郊外の野路《のみち》でも女学生らしい人影を見いだせなかった。

「もうおそいのでしょうかしら」

と杏子は早くも心配しだした。

「いいえ、時間はまだたくさんあるわけなのですよ」

おばさんはあいかわらず落ちつきはらっていられた、――でも学校へ行き着いたころ、杏子たちのうしろの方から二、三人セーラーや袴のそれらしい姿がぼつぼつ見えはじめた。

学校の門には国旗がでていた。

「なぜでしょう、祝日でもないのに――」

杏子がふしぎがると、
「たぶん開校式のお祝いのつもりで旗をたてたのでしょうね」
と浜子が説明した。
校内の入口ちかい一室に「生徒控室」とかいた紙片がはってある。そこへはいると
もう四、五人新入生がきていた。その父兄らしい人たちもひかえていた。
杏子はきょうからいっしょになって勉強する少女たちを見つめていた。そのなかに
は二、三人もう友達になっているらしくなにかぺちゃぺちゃしゃべり合っているのが
聞こえた。杏子はその仲間にはいる勇気もなく、浜子おばさんのそばにしがみつくよ
うにしている。
「ちょっとわたし校長先生にご挨拶してきますからね」
とおばさんがこういって控室をでてしまうと、あとに杏子はひとりできまりわるげ
にかた隅の椅子におぎょうぎよく腰かけていると、ひどく靴の音をさせてお部屋に飛
びこんできたひとりの少女があった、すこし大人びた顔つきだけれども目の美しい子
で、それはおどろくほどお化粧を濃くしているのが目立った、その身につけている服
などはまるでちいさい貴婦人といったスタイルで――オリーブ色のクレップデシンの

ワンピースにこまかいブレンを胸と腰につけて、そのうえ首飾りに真珠の小粒をたらして、そして帽子はつばのせまいやわらかいなにかえたいの知れぬうす青い絹糸で編んだようなクラウンの高いところへ、ななめに赤い玉をふたつ貫いた飾りピンをさしたのをかぶり、その両脇にシングルの断髪の端をほどよく見せて、しかもその髪の毛のしたにはんぶん見えている耳たぶには珊瑚細工の耳飾りの玉がゆれている。

　部屋のなかの少女たちの瞳は、この美装をこらした少女の出現によってみなそちらへ向かってそそがれた。

　その少女はふと隣りのさっきから小さくなっている杏子を見かえり、ふっと笑顔をした。笑うと白いちいさな糸切歯が、口紅のこい唇をのぞいて愛らしかった。

「ちょっと、あなたもやっぱり悲観していらっしゃるの――ね、そうでしょう」

　といきなり言葉をかけられて、杏子はどぎまぎした。

「え、いいえ――あの――喜んでいますけれど……」

　と口ごもっていうと――

「えっ！　否《ノー》ですって、まあこれはおどろいた。こんな女学校へはいって喜ぶなんて、あなたも理想のひくい方ねえ――」

とあきれて杏子をばかにするように見た。

「でも——わたしはじめて女学校へはいれたんですもの——」

と杏子ははずかしそうにしかたなくいった。

「ええ、そりゃおたがいさまよ、赤ン坊のときから一足とびに女学校にはいれやしないのよ、小学校のあとが女学校ならだれだって一年生のときがはじめて女学校にはいったことになるのよ」

「いいえ、あの、わたし小学校に行ったこともないんですもの、この学校もやっとだったのですの——」

というと、かの少女はびっくりして眼をみはり、

「え！　まあ、じゃあなた小学校にもゆかずにいままでなにしていらっしったのよ——」

「あの——」

といいかけて杏子は泣きたくなった。もしほんとのことをいったらこの少女はどんなにじぶんをいやしむだろうと思って——しかしやっぱり杏子にはいつわりはいえなかった。

「あの——わたし小さいときからおかあさまにつれられて奇術師の一座ではたらいて

いたものですから……」

と小さいちいさい声でやっといった。すると相手の少女はいきなり大声で感きわまった言葉をさけんだ、

「まあ、なんて、ロマンチックでしょう、すてきねえ！　わたしもそんなお仲間へはいって、思い切り働いてみたいのよ」

といいつつ、にわかに杏子を尊敬するようなまなざしでかの少女は見つめた。杏子はさぞ卑しまれあざけられると思いのほかかえってなにかじぶんがとくべつにすぐれたことでもしてきたように思われたのでびっくりしてしまった。

ところへ鐘の音がひびいた。

ふたつの教室間をぬいた式場には上手に来賓らしいひとの席と、父兄席の椅子をべつにもうけてあった。生徒たちは席についた。杏子とならんであの美しい少女はこしかけた。杏子は父兄席のほうを背のびして見ると浜子おばさんが、ニコニコしてこちらをむいて、やはり杏子をさがすように生徒のならんだほうを見わたしていらっしった。

風早女史が紋付を召して壇にたたれた。

「今日ここにおあつまりになったお小さいみなさま方はきょうから学校のなかではみ

なわたしの大切な娘になっていただくのでございます。そしてわたしはみなさま方のだいじな母のお役目をいたすつもりでございます。この学校はむやみと宣伝いたさずただわたしの教育方針とその誠意を信頼してご入学くださる方だけをおあずかりいたしたいと思いましたので入学の生徒の数も約五十名たらずでございますが、しかしわたしどもはひとつのクラスをなるべく少数にして、ほとんど個人教授のように教師が人格的にしたしく教え子にせっしておみちびきいたしたい方針でございます――それにこの学校はこのたび開校のはこびにいたりましたばかりで、まだ校舎も本建築でなく、その他さまざま設備のたらぬところもあってあるいはみなさま方にその点たしょうのご不自由とご不満の感じをおあたえしていることとぞんじますが――しかし――みなさまよき教育と申すものはかならずしもりっぱな校舎やお金のかかった設備にのみよるものではございません。それらの形式的なことは第二の問題で、教育の第一義は精神の力でなければなりません。わたしの学校は外形はいかにみすぼらしく粗末でありましょうともその校内にみなぎる精神はりっぱに美しいものでありたいのでございます。みなさまはこの学校にさいしょにおはいりになった方たちでございます。第一回の入学生でありまた第一回の記念すべき卒業生と他日なる方でございます。そのみなさま方の肩にはじつにおもい責任がともなっております。それはこのあたらしい学校の校風はいまだできておりません。きょうからみなさま方の毎日学校でのご生活がやがてこの学校のたいせつな校風をおつくりになるのです。わるい校風をおのこしになるのもよき校風をおつくりになるのも、みなさま方の行為ひとつによるのでございます、どうぞそのことを念頭にわすれずに毎日をこれからこの学校でさいしょの生徒として、この学校を愛してご勉強くださるよう校長のわたしからせつにお願いするのでございます――」

その風早女史のお話を聞いて杏子はふかく心に感じた。ほんとにそうだ、はじめて開かれたこの学校をわるくするのも善くするのも第一回の入学生の力ひとつなのだもの――わたしもできるだけよく勉強してこの学校を愛してゆきたい、生まれてはじめて学生生活にいれてもらえたこのありがたい学校に感謝しつつ学校をたのしく愛してまなぼうと決心して心はいさみたった。

それからほかの先生方がお立ちになって、新入生を二組にわけてA組B組とすることと、その時間表は各教室の黒板に書いてあることなど説明なすった、そして生徒たちは廊下にならんで、ざっと先生の見はからいで、背丈の順でならばせられ、二組にわけられた。杏子もあのとくべつきれいな身なりの少女もA組にはいった。そして背丈もおなじくらいだったので、そのまま席もならぶことになった。受持ちの先生はフロックコートのおじいさまの先生だった。国語とお習字の先生で校長先生のつぎにえらい教頭の先生だとわかった。その他教科書の準備のことなどいわれて、やがてぞろぞろ生徒はかえりかけた。

「あなたごいっしょに帰りましょうね」

とあの少女はもうすっかりお友だちきぶんでなれなれしく杏子のそばに肩をすりよせた。

「えっ、でもわたしおばさまとごいっしょにきましたから……ここで待っていますの――」

と杏子は浜子おばさまの姿を玄関で待ちながらためらった。

「あら、そう、おばさまなんかとご一緒、わたし偉いでしょう、ひとりでさっさときたのよ」

と少女はじまんそうだった。

「ああそうそうまだ、おたがいの名前も知らないわねえ――わたし相良《さがら》はるみっていうのよ——ほんとはね政子っていうんだけれど政子なんて名前やぼでいやで、大嫌いだからわたし勝手にはるみって名にしているの、それであなたのお名前は?」

「わたし——鳳杏子」

「オオトリ——へえ、どんな字?」

「こう書きますの」

と杏子が字を指でかいてしめすと、

「まあ、すてきな名前ねえ、わたしうらやましいわ」

とまたも政子のはるみは感嘆した。そして片手をちょっと振って、

「バアイ」といってさっさと行ってしまった。

そのうしろ姿を見送ったほかの少女たちがわいわい噂さをしあった。

「杏ちゃん、さあ帰りましょう。これでめでたく入学式もすみましたね」

と浜子おばさんがでていらっしたので杏子はならんで校門をでた。

「なかなかあの校長さんは女でもしっかりした方だね。それにいろいろうかがうとあの学校はあの校長さんの昔の教え子のひとりだったたいへんりっぱな実業家の夫人がごじぶんの名を発表しないで、かげでたいへんあの学校へ寄附金をして助けていらっ

しゃるというお話だよ――」

浜子はこんなことを杏子に語った。きょう風早校長に面会したとき、学校についていろいろくわしいお話を聞いたのであろう。

東中野の家につくと齋介はまちかねて杏子たちを迎えながら、

「どうだったね、女学生の第一日は？」

とたずねた。杏子は校長先生のお話の内容をつげて、じぶんも心からあの学校を愛してよい生徒になりたいといった。

「感心々々、学校はそまつでも善い勉強家の生徒がたくさんあれば、なによりりっぱな学校になるのだからね」

おじさんはさらにはげます――杏子はそれから教科書の用意をして夜は齋介から数学をおしえてもらって、あすをたのしんで待った。はじめて教室で大勢でいっしょにものを習うということは、杏子にとってはほんとに楽しいことでまた誇りにせずにはいられないなにか偉大な生活のように待たれるのである。

少年の巻

本郷の森川町の表通りをはいった横路《よこみち》の大成館という大きな下宿の三階の一室――東窓はすぐとなりの高い樹立にさえぎられ、いっぽうの西窓からは西日がさしこんで、さぞ夏は暑そうであまり上等な部屋ではない。

そこに机とたくさんの書籍だけをおいたなかに差向かったのは、大学の制服を身につけたあのもとの青年車掌と銀之助である。

「君、まあよかったよ。すんでのところで自動車にやられるところだったもの――ハッ……あの運転手はひどいやつだが、でも乗っていたお嬢さんはやっぱり女の子だけに、たいへんやさしく心配してくれたからね――まあいいさ、それでかんにんしてやるさ――」

青年はあの場から銀之助をつれてこの下宿屋のじぶんのいる部屋へともなったのである。

「ありがとう、ぼくほんとにあなたのおかげで助かったんです」

銀之助は蒼白い顔をむけ涙さえ浮かべて礼をいう。

「それはそうと——君、松葉杖がおれてはこまるだろう。この本郷にはさいわい医療機械やそんなものや義足なんか売る店が多いからぼくがひとつさがして新しいのを買ってきてあげよう——」

「ええありがとう、ぼくなにいいんです。ステッキでもあればどうにかあるけますから……」

「なにかまわないよ、ぼくが買ってあげるから心配したもうな、ステッキでは不自由だよ——君それで——」

と青年はいまさらに銀之助を見まわして、

「君の家はどこなの——そして、どうしているの——君はクラリオネットがよっぽど好きなんだね——」

と銀之助のひざのうえに生命のようにだいじにしているクラリオネットを見た。

「え、好きっていうよりぼくはこれを吹いてこのあいだまで女奇術師の一座にはいっていたんですが——いつか一座のなかの女の子といっしょに逃げだすとき、屋根から落ちてけがをして足を痛めてしまって、とうとう松葉杖を突くようになったのです——」

「ふーん、そうかね。それでいまもその一座にはたらいているのかね、君は」

「いいえ、ぼくの一座の座長の奇術師がこんど南洋のほうへ興行に行くことになったので、脚の不自由なぼくは荷やっかいだというんで追いだされたんです。それでぼくはもとやはり一座にいていま浅草の劇場にでている女優の人のところへたよってたずねて行くつもりで浅草まで出かけたら、その人はもう旅興行にでかけてしまったというんです。それでぼくはがっかりして上野の宿屋へともかくとまろうと行きかけたところ、自動車に引きたおされたんです」

「うん、そうか、君も小さいのにいろいろ苦労しているんだね。しかしいいさ艱難汝を玉にす——くるしむ者はいつかむくわれるよ。それで君にはおとうさんとかおかあさんとかいうものはいないのかね」

青年はあわれんでやさしくとうた。

「それが——いるのかいないのかぼくにはわからないんです——ぼくがまだ五つのとき、ぼくはお百姓の家でそだてられていました、ときどきぼくのおじいさんとおばあさんがたずねてかわいがってくれた記憶はかすかにのこっていますがいつのまにかぼくはこわい男の人達の手にわたされて、はじめ玉乗りを習わせられて汽車に乗っていろいろの土地をつれて歩かせられました。それから十一ぐらいからぼくは好きで一座の楽隊の人のつかうクラリオネットを、ものまねに吹いていたら上手だから習えといわれて、とうとう楽隊にはいって玉乗り一座の楽師になっていたのが、とちゅうでまた女奇術師の一座に売られてしまって、そこでまたクラリオネットを吹いてはたらいたのです」

「うん、かわいそうにそんな小さいときから親の顔もしらないでながれ歩いたんだね――それでこんどはどうするつもりかね」

「ぼくやはりこのクラリオネットを吹いてはたらきます――それに、もとの一座にいたお俊ちゃんや杏ちゃんにめぐりあえばまた楽しくたすけあってゆけますから――でもいませっかくたずねて行ったその人がいないのでしかたありません――」

銀之助はしょんぼりしていた。

「しかし、いつかまたあえるさ、その人たちが旅興行からかえればね」

「ええ、そうです。ぼくはそれを楽しみにこれからまたどこかへやとってもらうつもりです」

「まあ、それまでここにとまっていたまえ、ぼくは神田のほうの大学に通っているんだが――君にふさわしい職業をさがしてあげよう――」

銀之助はこの青年のしんせつな申しいでにすがってその部屋にとめてもらうことになった。

その翌日、青年は銀之助の足にあった松葉杖を買ってきた。そして
「君それであうか、どうかひとつためして見たまえ――」

と少年を連れだして夜の街へ散歩にでかけた。東京の夜の美しい灯の街路はなやましいばかりに、銀之助の瞳にはかなく映じた。行きかう人々の姿のなかにも、もしや別れて久しい杏子に行きあえるかと願った。東京へ行けばおとうさんに引きとられるといっていた杏子はいま幸福に暮らしているだろう。お俊ちゃんにさえあえばその後の消息もわかって三人は顔をあわせられるのに――銀之助はそう思いつつ青年にたすけられて街をかなしい松葉杖を突いてあるくのだった。

それから四、五日たった。銀之助はなにもせずこの青年の宿に食客になっているのが心ぐるしかった。ぼくもクラリオネットはすこしは吹けるのだから――これで働く職業はないかしら――とかれは或日青年の留守に近くの通りに「男女職業案内所」と看板をだしている店へはいってクラリオネットが吹けるがなにかやとわれる口はないかとたずねたら田舎まわりの演劇団の楽隊にならやとう口があるというので、また地

方を歩きまわるのはさびしいけれども――ひとりで独立できるためならと決心して銀之助はそれにきめた。そして青年が帰った夜その話をすると――

「君がそう決心したのならしかたがない行きたまえ。ぼくもいま苦学どうようで勉強しているのだから君を引きとって十分につくしてあげることができないから――しかし旅先からも便りはよこしたまえ。また東京へもどってきたらいつでもここへ訪ねてきたまえよ。できるだけの力になるからね。それから君のたずねる女優という人も、もし東京へ帰っているところがわかればぼくが君のことを知らせてあげてもいいよ――」

そういわれて銀之助は喜び、

「ええ、どうぞそうしてください、その女優の人は華陽劇団というお芝居の一座にいるんです。もとぼくの一座にいたときは春栄って芸名でしたが――いまはなんといっていますか、ほんとの名はたぶん花村俊っていうんでした。とても江戸ッ子肌のいいお姉さんらしいひとなんです」

青年は銀之助のいう名を手帳に書きとった。

銀之助はそれから二日ののち、青年とお別れのご馳走の洋食を燕楽軒で食べて、地方のごく田舎村をふるいお芝居をしてあるく演劇団の一行にともなわれて出立した。

「ではぼくをいつでも困ったことがあったら思いだしてきたまえ」

と青年は手帳のはしきれをちぎって万年筆で、本郷森川町××番地大成館内宇品《うじな》弘《ひろし》と書いてわざわざふりがなまでふってわたした。

「ぼくはね、ただ銀ちゃん銀ちゃんてよばれていたんです。銀之助って名前だけです――」

五つから玉乗りなどしていた少年は、戸籍などどうなっているのか苗字も知らないかなしい子だった。

「では銀ちゃん、しっかり丈夫で暮らしたまえ、またあおうね――」

弘はこの数奇な運命の少年の行く手のぶじをいのってあわれがりつつかれと別れた。

銀之助のくわわった演劇団の興行は、そまつな舞台といく人かの俳優とそして楽隊――まるで広告のちんどん屋めいた四、五人の楽手とをつれて海辺や温泉地の避暑客のたいくつまぎれに見るのをあてにあるくのだった。

銀之助は女奇術師の一行のなかにいたし、旅興行のきたない劇場の裏や、興行主にあてがわれるそまつな食物や寝具のことにはなれていたので、いまさらおどろきもしなかったが、――チャンチャンバラの剣劇などにさわがしくうつ太鼓につれて、クラリオネットを唇の荒れるほど吹いたりしつづけるのがしみじみ情けなかった。

「ぼくもいつまでもこんなことはしたくないな、できるならクラリオネットの上手な一人まえの音楽家になりたい！」

少年のかれにも、ようやくいままでの生活から浮かびあがって、まことの音楽と野心が眼ざめてきたのだった。それゆえかれはとぼしい懐中から新しい曲譜の本をいろいろ買うことをわすれなかった。泰西《たいせい》の名曲も独学ながら吹き鳴らす稽古をおこたらなかった。お芝居は夜おそくまでのことでほかの者たちは夜ふかしにつかれていぎたなく、きたない宿の二階に朝寝をむさぼっているとき、銀之助だけはいつも早く起きだして、山か海か人眼はなれたしずかな場所で心ゆくまでクラリオネットの稽古をするのだった。

その一行が伊豆半島ちかくのさびしい漁村へきたときも、銀之助は朝になるとクラリオネットを抱いて海岸にでた。海ちかく松の林のつづくなかに、しっとりと朝露をふくむ浜辺の草をしいてかれは紺がすりの単衣の筒袖にはらむ潮風に吹かれつつクラリオネットを奏していた。その松林の奥に一軒の新しい別荘ふうな家が建っていた。

さいきん別荘地となったもののわりあいに俗悪にまだ染まぬこの漁村には、ほかの有名な湘南の地方にくらべて別荘の数もすくなくひっそりしていた。その村のなかの一軒の別荘はこの漁村ではいちばんながめのよいところだった。まだ朝なので別荘の門も閉じられたままである。銀之助はその門ちかく咲きみだれるつゆ草のむらさきのつつましい花の群れのそばに身をおいてクラリオネットを吹いていた。かれがむちゅうになって吹き鳴らしていると、どこからとなく、

「花宝玉《ボアボオイユ》」

と呼ぶ声がする。

「あっ！」

と銀之助は思わずクラリオネットを落としてあたりを見まわした。けれどもあたりにはなにも見あたらない。

「あの声はたしかに杏ちゃんのつかっている白鸚鵡の声だぞ！」

銀之助は腕こまぬいて別荘のほうを見あげた。

高子の巻

安河内家のだいじなひとりきりの愛嬢の高子は病いがちで、そのため学校も早くからひいて、家庭教師について勉学していたのだった。それでその年の五月ごろからいったんなおっていたはずの肋膜炎が再発して、病床につくようになってしまった。

父の利継も母君の鎮代も掌中の玉と愛ずるいとし児の病いは苦痛のもとだった。夫妻はじぶん達の富をこの子の病いをなおすためなら惜しみはしないものを、名高い名医の博士をいく人とまねき看護婦をもとめあらゆる手当をするのである。

鎮代夫人のごときは高子の発病いらいその枕もとをはなれるときもないほどだった。

やがて時節は夏にはいって、じめじめとそぼ降る梅雨にはいるや、高子の病体もやはりそのころの空模様のようにはっきりしなかった。その五月雨もあがって、かっと照りつける夏日の炎天がくるまえに――高子は早く暑さをさけに都会をのがれなければならなかった。

乗物にゆられてもいいほどに高子の身体がすこしよくなったのをさいわい、かねて利継が買って用意しておいた伊豆半島ちかくの、ある美しい風景の海辺のしずかな漁村に、母にともなわれ看護婦や女中たちにまもられて移ることになった。

鎮代夫人が、高子の病室のつぎの間で女中にさしずしつつ荷物をつくっていられると、そこへ書生がきて、

「奥さま、緑ガ丘女学院の風早校長からお電話でございます」

とつげた。

「そう――」

鎮代は電話室へいそいだ。

受話器をとると「もしもし、鎮代さんでいらっしゃいますか、風早ですが――」

と、待ちかねたように風早君子女史は声をかけた。

「はい、先生はさぞおいそがしいでございましょう。わたしもぜひ一度おうかがいいたしたいと思いながら、つい高子の病気のほうがはっきりいたしませんのでご無沙汰いたしております――」

と、鎮代は旧師にていねいにいった。

「おや、それはほんとにいけませんね、どうぞおたいせつに――じつはおかげさまで、

学校のほうもどうやらぶじに開校後、授業をすすめておりますので——もしお手すきのときにぜひ学校のようすを見にいらしていただければしあわせと存じまして、きょうお願いのお電話をおかけいたしたのですが——それではとてもおでかけにはなれますまいにね……」

風早女史は失望したようにいった。

「はい、せっかくではございますが、ただいまはどうも手がはなせず外出いたしかねますが、でも秋にでもなり高子もこころよくなりましたら、先生のお建てになった新しい女学校を参観にうかがいたいと思っております。高子ももし身体でもよくなれば、そんな郊外の空気のよい学校ならかよわせてやりたいと思いますので、なにしろ家庭教師の手でおしえられ学校へまいりませんとしぜん友達もなく、その上ひとりっ子で姉弟がございませんのでさびしそうで、そのためかえって病身になるような気持ちで心配でなりませんから……」

「まあ、さようでございますか、お嬢さんの高子さんがもしこちらのわたしの学校へいらっしてくださるようならほんとに嬉しゅうございます、お嬢さんの学校友達になってよろしいような生徒も一人二人はおりますし……でもねえ、なにしろご存じのようにわたし一人の手でやっと開きましたばかりの学校で、あなたにもあんなに多額の寄附をちょうだいいたしたりしまして、どうやら学校ははじめられましたが、まだなにしろ設備は不完全なことが多くて、おはずかしいお話ですが音楽のほうもまだピアノがそなえられず、大型のオルガンでまにあわせておりますようなしだいでまああと一年もたてばもうすこし完備させる決心でわたしは一身をささげて働いておりますので……」

「それはほんとにどんなにか先生はお骨折りの多いことでございましょう。わたしも先生からお教えをいただきましたし――また高子もお教えがいただけますようなら幸福にぞんじます。では秋ごろはきっとその女学校も拝見しにうかがいましょう。わたしどもは近日伊豆の別荘へまいりますから――いずれ帰京後お眼にかかりますつもりでこのたびはこれで失礼いたします」

「さようでございますか、では秋にはわたしの女学校へぜひいらっしてくださいませ、あなたがお名前を秘めてあんなに学校の後援者になってくださいますことは、わたしとしてまことに嬉しくひとめ学校を見ていただきたいと思いますから……では高子さんをくれぐれもお大切に――」

電話はきれた——鎮代夫人は高子の病室にもどった。

「おかあさま、風早先生からなにかお話がございまして——わたしね早く病気をなおしておかあさまが少女時代に教えていただいたあのいい先生にわたしも教えていただきたいわ……」

高子は病床から母にはなしかけた。

「ええ、そのこともちょっといま先生にお話しておきましたよ、いちど学校を見にこいとおっしゃってくださるけれどもいまはうかがえないが、この秋にでもうかがうつもりでご返事しておきました。なにしろあの緑ガ丘女学院も、風早先生おひとりの力でお開きになったのだから、なかなか経営も苦心がおありのようでお気の毒ですよ、ピアノがまだ買えないでオルガンでまにあわしていらっしゃるんだって——」

「そう——ピアノが女学校になくては生徒のかたはさびしいのねえ……」

高子は同情するらしくしみじみといった。

「高子さん！」

そのときこういう呼び声がする——高子はニコニコして、

「ホ、、、鸚鵡よおかあさまの口まねをしておかしいこと、でももうこのごろ、それはよく上手にわたしを呼ぶようになりましたわ……」

高子は病室の窓のほとりにさげられた白鸚鵡のかごを見た。

「そら高子さんがこの春熱海ホテルにいたとき持ってきたでしょうこの鸚鵡を、そのときから、かあさんが高子さんの名を呼ぶようによくおしこみしておいたのですよ」

鎮代はじぶんのつれづれにしこんだ鸚鵡の呼び声が、はからずも病む子への善きなぐさめとなり得たのを喜んでいるのだった。

「ねえかあさま、この鸚鵡をわたしこんど行く伊豆の別荘へ持ってゆきたいんですけれど……」

高子はいまこのかわいい鸚鵡にはなれがたかった。

「そうね、それはいいでしょう。でもその鳥はあの乙島の持ちものなんですから、まあいまはこうして邸で借りておくのですからねえ、それは乙島さえよいといえば伊豆へ持って行ってもいいでしょうが――」

「そうですわね、でも乙島は貸してくれましょう――あのね、かあさま、わたしほんとはあんならんぼうな運転手はきらいなんですの、この春おかあさまが熱海にいらっしてお留守のときのこと、上野の山をわたしうちの車で走ったとき、あの人ったら、松葉杖をついた少年を、突きとばして逃げようとするのですもの――」

高子はあの日のありさまをはじめて母に物語った。

「まあ、そう、そういえばどこかちょっと不良青年じみたところのある男ですよ、そんなふうならおとうさまに申しあげて出させましょうか……」

母の言葉をあわただしくさえぎった彼女は――

「いいえ、いけませんわ、だってあの鸚鵡は乙島から借りているのですもの――もしこの邸からだせばあの鸚鵡をわたしから取りかえして持って行ってしまいますわ――だっていつかおとうさまが高子が鸚鵡を好きになったからゆずってくれ、代金は望みしだいはらうとおっしゃっても、よその人のあずかりものだからと強情はって、ゆずってくれなかったのですもの――わたしね、あの乙島運転手はきらいだけれど、ただ鸚鵡とはなれるのがいやだから、やっぱりあの人をやとっておいてくださいな、それにたいへん気転がきくっておとうさまはご信用なすっていらっしゃるようですし……」

「そうらしいのね――それにその鸚鵡の貸主ですし、まあまあがまんしましょう」

鎮代夫人はなにごとも病む子の神経にさわらぬように心づかいをおこたらなかった。

日ならずして、高子は母夫人とともに看護婦や女中たちと伊豆半島ちかくの漁村の別荘に立った。

そのときかの白鸚鵡は、高子の乞うままに乙島運転手からまた借りうけて、別荘まで、持っていかれた。

松風かよう別荘のひろい十畳の間、きよげにしつらえて、なかほどに敷きし病いの床にさみどりの絹麻に七草染めし夏ぶとんさえ病む子の胸にはおもき愁いか――心もしずみがちの美しくもやつれし高子の耳に、その部屋のみどりのすだれのかげにゆらめく籠のなか、一羽の純白の羽もうるわしい鸚鵡のときおりなぐさめ顔に呼ぶわが名の「高子さアん」のあどけない啼き声こそは、さびしい乙女の唯一の微笑のもとだった。

その白鸚鵡はいまはこの病む姫の飼い鳥のごとくなって、そのうつくしい少女の名を忠実によびならわしていた。――夏はなかばをかくて過ぎてゆく――かれ――鸚鵡はその朝もいち早く僕《しもべ》の開けはなった縁につるされて、すがすがしい朝の空気に羽をうちはたきつつとまり木に身をやすませていた。

障子を閉められた部屋のなかには、高子はまだあかつきの夢からさめず、つきそう看護婦もつかれてつぎの間で眠っていた、――そのときだった白き鸚鵡の耳にふしぎな妙なる曲のひびきが聞こえた。

おお、その音色こそ——わすれめや、半歳のむかし——白鸚鵡が奇術の舞台につかわれていたときかれの聞きなれた音色である。鸚鵡の記憶は鳥ながらせいかくによみがえった。

かれはいつしか、奇術の一座で人間とともに重要な役目を持っていた白蘭花《バレエホ》に立ちかえった。クラリオネットの音色こそ鸚鵡にかこの記憶をはっきり浮かびかえらせた。しかしそれは悲しいことに人間の記憶とことかわって単に機械的な記憶のよみがえりであった。かれがつねに長年のならわしでクラリオネットの音色とともにひとつの名を呼んで羽ばたきをするならわしが呼びもどされたに過ぎなかったのである——それでかれはその朝ゆくりなくも聞こえたクラリオネットの音色とともに昔のならわし通りさけんだ。

「花宝玉《ボアボオイユ》」

そして雪のごとき羽を勢いよく羽ばたきした。その呼び声は別荘の門のちかくの砂丘でクラリオネットを吹き鳴らしていた少年をおどろかせた。

「おお、あれは杏ちゃんのつかっていた白鸚鵡の声だぞ！」

少年は別荘のほうを見あげ——恐るおそるその門内にしのびこんだ。まだ朝早いこととて庭先にも玄関のあたりにも人の影はなかった。ただ台所で女中たちがことことしたくをしているだけなのだから――

少年は縁のほうへまわった。そしてそこの軒につるされてある鸚鵡の籠をついに発見した、少年は籠のなかの白い鳥の姿をしばし、じいっと見入ったが、こう叫んだ。

「たしかにそうだ、やっぱり杏ちゃんのだいじにしている白蘭花《バレエホ》だ、しかし、どうしてそれがこの別荘にあるのかなあ――」

少年は腕こまぬいた、そしてやがてうれしげに手をうった。

「そうだ、杏ちゃんは東京へ行けばほんとのおとうさまに行きあえるといっていた、ではは杏ちゃんはそのおとうさまに引きとられてこの別荘に避暑にきているのだな、きっとそうだ、この白鸚鵡も杏ちゃんのそばをはなれずここへ持ってこられたのだ――」

少年はこういって、飛びあがるほどの喜びをあらわして、

「いよいよ杏ちゃんにひさしぶりでめぐりあえるなあ――」

とつぶやきつつ、いそいで玄関のほうに走りベルを押した。

朝早くからの来客にあわてて女中がでて見るとみすぼらしい少年が立っている。

「なんですか」

女中はふしぎそうにたずねた。

「あの、こちらに杏ちゃんて女の子がおりましょう――」

少年はとつぜんこんなことをいいだした、安河内家の女中はおどろいた。

「いいえ、そんな方はけっしていらっしゃいません――」

とあきれたように答えた。

「いない――へんだなあ――ではあのお宅の白い鸚鵡はお宅の鳥ですか？」

少年は首かしげながら問う。

「ええ、東京のご本邸の自動車の運転手さんの鳥ですがね、こちらのお嬢さまがお好きでこちらへ借りてお持ちになっていらっしゃるのですよ」

女中はめんどうくさそうにいった。

「ああ、そうですか――失礼しました」

少年はしょげて玄関をとびだした。

「まあ、へんてこな男の子だよ」

あとから女中が笑う声がした。

「ああ、杏ちゃんがいないのにあの鸚鵡がいる、じつにふしぎだふしぎだ、そして自動車の運転手が持ち主だというそんなばかげたことがあるものか――もしかすると杏ちゃんはあの鸚鵡をぬすまれたのだ。盗まれてしまったのだ――そうだそうだ」

少年の判断はあやまらなかった!

「ともかく、ぼくはあの鸚鵡をとりもどしてしまう、そして杏ちゃんにめぐりあって返そう、ぼくのクラリオネットをきいて杏ちゃんの名を呼ぶ以上、それは白蘭花《バレエホ》にちがいないのだもの」

少年はこういうや、別荘のほうをもういちど向いてなにごとか決心したごとく立ちさった。

その翌朝――かの少年はやはりその別荘の門辺近くの砂丘でクラリオネットを吹き鳴らした。

「花宝玉《ボアボオイユ》!」白き鸚鵡の呼び声――その声のするほうへ少年は足音をしのばせて門のなかへとしのびいった。

しばらくの後、鸚鵡のかごをさげた少年の姿が門からでてそのまま松林のなかへと消えて行った。

その少年はだれか――読者にはおわかりのはずである。ともあれ――その夜、この漁村にきていた演劇団の一行はつぎの村へと立ち去ったという。

その朝安河内家の別荘のさわぎはたいへんだった、お嬢さまのたいせつにしていらっした、白い鸚鵡がこつぜんと消えうせてしまったのだから――

「籠ごとなくなったのですから、鸚鵡が逃げたのではございませんね」

「では盗まれてしまったのでございますよ――」

「そう申せば、きのうの朝へんな男の子がお玄関へまいりまして、こちらの鸚鵡のことを聞いておりました、みょうなことをきくと思いましたが……」

と女中たちは口々にうわさし合った。

「おかあさまどうしましょう、あんなにかわいがっていた鸚鵡はとられてしまって……それに乙島のものですし――」

高子は病む身にひとしおの深いなげきを見せた。

「ほんとにこまりましたね、でも高子さん、さっそく東京からあれとおなじようにきれいな鸚鵡を買ってきますから待っていらっしゃいね」

母夫人はやさしくなぐさめた。

「でもあんなりこうな鸚鵡はめずらしいのですもの――そして高子さんとわたしの名

をよくおぼえて呼ぶようになれていましたのに……」

高子は早くも涙さしぐんでしまった。

鎮代夫人はとりあえず、東京の良人のもとに手紙をかいた。それには白鸚鵡のふんしつを知らせ、そのかわりにいそいで美しいりこうな鸚鵡を鳥屋からもとめて高子のもとへお送りくださるよう。また乙島運転手にたいして白鸚鵡をうしなったことをわびて弁償金をお与えくださるようとたのんだ、——愛する鸚鵡が取られてから、高子はがっかりしたようにさびしがった、そして病気さえ重ってゆくかのようだった。

鎮代夫人の心痛ははげしく、女中たちも愁いにひそまってしまった。

いっぽう——東京の本邸では利継は夫人の手紙で乙島から借りていた鸚鵡を別荘で何者かの手にぬすまれたことを知り、——こまったなと舌打ちをしながら、ともかく乙島を呼んで鸚鵡がぬすまれたことをつげ、

「それでお前にそうとうの弁償をしてやるがね、いくら位あげようか、一万円ぐらいかな——」

といいばっていうと乙島はせせら笑って、

「ごじょうだんでしょう、たった一万円なんて——そんなお安いおねだんであの鳥が

売れますか——第一あれはわたしのものではなくてじつはほかに持ち主があるんですからね——」

　という。

「そんならその持ち主へもお礼に弁償するよ、では二倍の二万円ではどうかね、おまえもいわばこの邸につかわれて月給をもらっている者ではないか、それが主人の娘にじぶんの鳥を貸したからってそういわれた義理ではないだろう」

　と利継が苦々しげにいうと、乙島はにわかに肩をいからしながら、不良青年の正体をあらわしたごとく、

「そう主人々々と主人風を吹かさないでいただきましょう、なるほどこの家に使われていればこそぼくは傭人であなたはご主人さまにちがいないが、だがこの邸からわたしがでてしまえば赤の他人、人間同志おなじ権利ですからね——わたしは早速おひまをいただくとしましょうよ」

　その不敵な言葉にすっかり腹を立てた利継は、火のように怒って、

「そうか、よろしい、では出て行ってもらおう、運転手ならなにもおまえにかぎったことはないのだ。ほかに誰でもやとえるからな」

といいわたした。

「もちろん、でて行きますとも、しかしそのまえにあの鸚鵡の問題をさきに解決しましょう。いやしくも人のものをなくした以上だまってはいられないでしょう」

「むろんだ、だから二万円だすといっているのだ」

「二万円ではいやです。百万円ちょうだいしたいんです」

乙島は平気でいった。

「なにッ百万円！　この狂人めッ、なにをいうのだ。動物園の獅子だってそう高くは売れぬぞッ、あの鸚鵡はなにも世界に一羽よりないものではあるまい、わしは、かわりの鳥を鳥屋からいずれ買うつもりだがな——二万円でたくさんだ」

利継のそういう顔を冷然と見おろすようにして乙島はやがていいはなった。

「ハッハ、、百万円は鸚鵡一羽の価格としてはいかにもお高いでしょう。しかしあなたのある『秘密』の価格としてはまんざらそう高くもありますまい！」

「なに、わしのある秘密——それがどうした、なにをいうのだ。しっけいな——」

利継は色を変じて身をふるわせた。

「ハッハ、、、知っていますよ、あなたはこのお正月ごろこの邸へたずねてきた中国人の女の子と、そしてきれいな娘さんのふたり連れにお会いになりましたね、そして、金をやって追いかえそうとしてぎゃくにその娘さんからそのお金をたたき返されましたね、そして、その娘さんの母親の中国人鳳黛玉という女の書いた手紙を金庫のなかにしまいこんで『こまった問題だ、わるいことはできん――』とおっしゃいましたね、ハッハ、、、どうです、これでもあなたにある秘密がないとおっしゃるのですか」

「うーむ……きさまはけしからん、あのとき立聞きをしたな！」

利継はまっさをになって乙島をにらんだ。

「そうです、ちょっと立聞きをして見ましただけですが、なかなかおもしろい場面でしたな。それに奥さまはまだそんなことを一向ご存じないごようすですから、なんならわたしがちょっとお話いたしましょうか」

乙島はにくにくしく皮肉に利継を脅迫した。

「悪魔！　早くこの邸をでて行けッ」

「でて行きますとも、そのかわり、伊豆の別荘のほうの奥さまにあの秘密な事件のお話をお耳にいれてまいりますよ」

乙島はまったく悪魔のようにつめたく利継をおびやかした。利継もいまはしかたな

しに銀行の小切手帳を取りだしてしぶしぶ二十万円の小切手を書き、それを乙島にわたして、

「おい、二万円の十倍の金額だ、これで出て行ってもらおう」

とねめつけた。乙島は不平らしく小切手をうけとったが、

「ずいぶん値ぎりましたね、しかしまあいまはこれでがまんしますが、また金がほしくなればお宅へいただきにまいりますよ」

といいのこして口笛を吹きながらでて行った。

かれはまもなく安河内邸内から姿を消し去った――ほっとした利継は、ゆだんのならぬ立聞きをされたことから、あの杏子の来訪やその母の鳳黛玉の手紙などが発見されてはひじょうにこまることがあるらしく、かれはその手紙を焼きすててしまうつもりでわが居室の金庫をひらくと、たしかにあのさいしまいこんでおいたはずの、黛玉のかなしい手紙はかげもかたちもなかった。

「あッ、しまったあいつがあれもぬすんで行ったのだ、そしてあの手紙をたねにわしを脅迫するつもりだな」

利継は困却しきった表情によわりはてて、椅子にどっかとめりこむように身をなげた。

利継はなぜかくまでに、あの杏子の来訪と黛玉の手紙を夫人にしめすのをおそれるのであろう。

かれにとってそれがたいへんな秘密とは？

杏子の学校生活はたのしくぶじにつづいた。

入学式の日いっしょになった、あのハイカラな美少女の相良はるみとは親しくなった。はるみは杏子の身のうえを毎日すこしずつ聞いた、彼女が奇術師の仲間に母とともにはいり、東北の吹雪の街ではかなくも母に別れたことを話すと、はるみは涙をながしてこころから杏子に同情した。

「でもね、相良さんわたしはいまそんなに悲しんでばかりはいませんの、だって神様はわたしに不幸ばかりをけっしておあたえにならなかったのですもの――いま引きとって親のように愛してくださる津川のおじさまおばさまをおあたえくださったし――それにお俊姉さんも銀ちゃんもみなわたしを愛してくれるお友だちよ――このごろようやく神様が人間にたいして深い愛を送ってくださることがわかってよ――津川のおじさま方がまいにち神様々々っておいのりなさるのがはじめふしぎだったけれど

——このごろ少しずつわたしにもわかってきましたわ、それは『神は愛なり』ということばなの——ねえ相良さん人間の愛情深い行ないこそ、つまり神の道なのね、神様ってなにも天国にいらっしゃるものではなくて、わたしたち人間の心にいつでもやどっていらっしゃるのよ、わたしたちがやさしい愛情を持つときこそ神様とごいっしょにいるのよ、わるいとげとげしい心を持つときは、悪魔といっしょに暮らしているのとおなじよ——だからわたしは神様と一生いっしょに生きたいの——家庭では愛情深い少女になり、学校ではよく勉強して友達にやさしいまじわりをして、なんでも心からの愛情をそそいでゆくなら、もういのらずとも願わずとも神とともにあるはずなんですもの——」

杏子はいつのまにかはるみにしみじみと熱心に説いた。

「まあ、そう、そうね、あなたのような不幸を経てきながら、そんな、やさしく素直な明かるい心持をもっていらっしゃるには、わたしすっかり感嘆してよ。わたしも考えなおすわ——わたしはずいぶん軽薄な人間だったのねえ——おしゃれと遊ぶことと よりほか考えたことはないのよ——でもそれはあんまり幸福だったからよ。なんでも買いたいものは買ってもらえたし——そしてなにをしたっておこる人も叱る人もなかったのですもの――」

はるみのおわりの言葉はさびしそうだった。

「まあ、なにをしても叱る人もないって――あなたおとうさまやおかあさまはいらっしゃらないの――」

杏子は眼を見はった。

「いいえ、いるのよ、ほんとのおとうさまもおかあさまもいてそれはそれはかわいがってくれてよ。でも家は大きな料理店をひらいているでしょう。夜おそくまでおとうさまもおかあさまもお店へでていてお家は留守よ、女中たちにいっさいの身のまわりの世話をさせてこどもはなにをして遊んだってわからないのですもの――」

「まあ――そう」

杏子はうなずいた、じぶんのように孤児のような子も不幸である。しかしそうしたあまりに溺愛しすぎて無責任な親をもつ子もまた不幸な場合があるとおもった。

杏子の行ないやその脳力にはるみはいつか惹きつけられ、彼女を尊敬する友だちとして崇拝にちかい感情をさえいだくようになった。それとともに彼女は杏子からさまざまの感化を受けた。

夏やすみまえになるころは入学したころのあの相良はるみではなかった。もうはるみなどとかってな名をなのらず、相良政子として鳳杏子とクラスで肩をならべるほどの成績のよい利発な少女とかわって行った。もう白粉のこい化粧や服のけばけばしさは取りさられた。風早校長の眼にはそのいちじるしいかわり方がはっきりわかった。ひとりの友だちをさえ感化させた杏子――彼女が小学校の課程をさえ正当にふまなかった奇術師のなかからでた少女だと思うとき、風早女史にとって杏子の存在はふしぎなほど尊い姿に映じた。

――やがて一学期もおわり夏やすみはきた。

津川齋介が信州へ夏期の伝道の旅に出たのち、杏子は浜子とともに東中野の家にのこり、浜子から学課の復習を手伝ってもらいつつ家事をたすけて、彼女が生まれてはじめて家庭的な少女の生活を送っていた。その夏やすみもおわりに近づいたころ、絶えてひさしく旅からのおとずれをおこたっていた、あのお俊からうれしい音信があった。それは彼女がいよいよ旅興行をおわって、秋のはじめおそくも九月上旬には、なつかしい東京の土をふむという知らせであった。

どんなに杏子はうれしかったろう。浜子もまた杏子の姉のような、その人の帰京をよろこんで待った、杏子がりっぱな女学生になりすました姿を彼女に見せてやりたく、ひたすらお俊にあう日を待ちどおしがった——

お俊は九月上旬のある日——約束どおり東京行きの列車にゆられて心をおどらし東京へ！　東京へ！　といそぐのだった。

めぐりあいの巻

九月上旬のある夜——杏子は浜子とつれだって上野駅頭に旅から立ちかえるお俊をむかえるのだった。

プラットホームにはいりくる汽車の窓にお俊のかわらぬ美しい姿を杏子はいち早くみとめて走りだしたけれども、お俊のほうでは杏子の姿がわからぬのか降りたままうろうろしてしまった。

「お俊ねえさま！」

と快活に呼びかけてしがみつかぬばかりに近よった杏子を見たせつな、お俊は

「あっ」とおどろきの声をあげた。

それはなぜか――あまりに彼女のすばらしい変化というよりは進化にびっくりしたのである。

「まあ、杏ちゃん！　わたしさっきからあなたを探したけれどすこしも見つけられなかったの、でもそのはずねえ――あなたはそんなにハイカラな女学生になってしまったのですもの――」

お俊は喜びとおどろきにうたれて呆然としていた。

「お俊さん、しばらくでした。ごぶじでなによりですね」

浜子が杏子のあとから静かにあゆみよると、お俊は涙ぐんで――

「ほんとにありがとう存じます。まあ、杏ちゃんがこんなに幸福なお嬢さまになろうとは、わたしの想像いじょうでしたの」

と彼女は感謝の声に涙さえふくむのである。

「ホヽヽ、だいじなあなたのお妹さんですから、わたしどもも一生けんめいおあずかりしていたのですよ、それに杏ちゃんがたいへん善い子で、この一学期にはクラスで一番の成績でしたよ」

浜子はさっそく杏子の優良ぶりをごひろうにおよんだ。

「いろいろお話は富士の山ほどありますが——まあ家へ帰ってからにいたしましょう。あなたもともかく杏ちゃんとは、ひさしぶりです。この子もどんなにあなたにあいたがっていたか知れませんよ、まあまあわたしのところへ、ゆっくりおとまりなさい」

浜子はお俊をともなって東中野のわが家に帰った。

「あのおじさまは?」とお俊がたずねると、

「この夏は信州のほうへ伝道にでかけましたよ。もうまもなく帰京しましょうが、この夏やすみは杏ちゃんのおかあさんがわりに家庭教師のお役目をしておもしろくにぎやかに暮らしました」

と浜子はお俊のためにお風呂までわかして旅のつかれをいたわるのだった。

その夜杏子はひさしぶりでほんとに久しぶりで、お俊と枕をならべつつ、彼女は別れていらいのさまざまの物語をした。そして緑ガ丘女学院のこと、友だちのうわさ、学課のこと等々——一晩中話しても語りつくせぬ物語だった。

「ほんとに杏ちゃんはしあわせねえ——それに人間というものは境遇によってずいぶんかわるものねえ。あなたは奇術の一座にいたころにも、上品なかわいい子だったけれども、学校にあがりこうして家庭につつまれてしまうと、また、ちがってりっぱな少女に見えるのよ――もうわたしのような、田舎まわりの女役者は、とてもお姉さんになる資格はないわ――わたしさっきからそうしみじみと思うのよ――」

お俊はいつになくしんみりとした口調で心からそういうのだった。

「あらいやなお姉さま、そんなことはけっしてありませんわ、わたしがこんなにしあわせな子になったのもみなお姉さまに愛していただいたからなのですもの――わたし一生ほんとのお姉さまだと思ってはなれないつもりよ――」

杏子はお俊の卑下する言葉をかなしく聞いてからなぐさめるようにいった――ほんとにお俊はいまは杏子よりも不幸な身のうえかも知れない。彼女も親も姉弟もなくわかい身そらで安芝居の女優に年中はたらいている身だから、よそ目にはお俠《きゃん》の元気よい娘に見えても胸の中にはこの世のわびしさもたよりなさもどれほど感じていることであろう。しかしわが身のふしあわせも忘れて年齢したの可憐な杏子を今日まで袖にかばってきた彼女の心は美しいきわみであるものを――

その翌朝、杏子は学校へでがけに、

「あすは日曜ですから、ごいっしょに出かけましょうね、東京の街もお姉さまには久しぶりでなつかしいでしょう」

　というと、

「ええ、きょういちにちゆっくりここで身体をやすめたら、あすはちょっと浅草の華陽劇団の本部へ行ってきますわ。秋の興行の相談もあるし……」

「そう、ではわたしあす浅草へごいっしょに行きますわ。浅草って思い出のところですもの――」

　杏子のいうがごとく、まこと浅草は彼女がはじめて都にのぼりし日よりすみし土地であった。

「では行ってまいります――」と杏子はいそいそと学校へ出かけた。

　そのあとで浜子はお俊に杏子をほめそやした。

「わたしのひとり娘の靖子は亡くなってしまったのですが――わたしはなんだかその子の身がわりの気持がして、あの杏ちゃんが家にいるのが、うれしくてならないのですよ、わたしども老人夫婦きりのさびしいこの生活に花のように鳥のように善いなぐさめともなり希望ともなってくれるのですもの――」

　と、浜子はむしろ、杏子に感謝してるのだった――午後一時ごろ――息せききるように杏子は学校から帰ってきた。

「お姉さま、わたし留守でさびしかったでしょう、きょうわたしも早くお家へ帰りたくてあんまりそわそわしているので、相良さんがふしぎがってお聞きになるのよ、それでお俊姉さまのお話したらあの人ねすぐ『あら、ロマンチックな方ねえ……』って、もうお姉さまにあこがれはじめるんですもの――おかしな方……」

杏子は学校の話をまた楽しげに持ちだした。その夜もまた失いし鸚鵡の話、銀之助の噂さに夜はあけた、そのあすは日曜日!

杏子は思い出の浅草へお俊とでかけた。

華陽劇団の事務所へいくと、そこの事務員がお俊につげた。

「あなたが帰る一月まえほどに、こんな男の人があなたをたずねてきましたよ。そして帰ったらしらせてくれって名刺をおいてゆきましたよ」

と一葉の名刺を、でも感心にわすれずにだしてくれた。

お俊がだれかと思って名刺を見ると、その表には、××大学法科生、宇品弘としるし、わきに本郷の下宿屋の住居をしるし、ペンで一字々々くっきりとわかりやすく。

可憐な少年銀之助君のご依頼にて訪問したれどいまだご帰京なき由、お帰りしだい小生あて一報を乞う。

としるしてあった。

「あら、宇品さんってどなた？　わたし知らないけれど――」

お俊は首をかしげて、

「だれでしょうね？」

杏子も眼をぱちくりさせた。

「ともかく――銀ちゃんが東京へでてきたことはわかったのね、ばんざい！　うれしいのね、銀ちゃんもでてきたんですもの！」

ふたりはなつかしい少年銀之助の上京を知っておどりあがった。

「で宇品さんて方に銀ちゃんがわたしのところへたずねてゆくように頼んだのね、なぜ銀ちゃんがこなかったのかしら？」

ふたりはへんに思った。

「あの人もしかしたら病気でしょうか」

あの青白い顔をした少年を思ってお俊は気づかった。

「その方のお宿へうかがえばなにもかもわかるのね、すぐこれから行きましょう。そしてよく銀ちゃんのことをうかがってみましょうよ」

ふたりはもう気もそわそわして浅草をとびだすようにして、本郷へ行った。めざす下宿の大成館へ宇品弘をたずねると、女中はつげた。

「宇品さんなら、このあいだからひどい盲腸炎の手術なすったのですよ、それでまだ大学病院に入院していらっしゃいますよ」

「まあ——」

ふたりはがっかりした。しかしこの上は病院までたずねてゆくよりしかたがない——ふたりは大学病院に行き病室をたずねて、やっとふるびた建物のなかの廊下をまよいながら弘の病室へはいった、弘の病室といっても一つのベッドだけでなく、じつに二十くらいのベッドがならび、たくさんの病人たちが枕をならべているのだった。

「宇品さん、ご面会です」

と、看護婦がちかづいた寝台のうえに、やや色あおざめてやつれて横たわっている青年の顔を見たとき！　杏子はお俊の袖をとらえてさけんだ。

「あの方よ！　あのいつかの親切な車掌さんですの、おねえさま」

こういうや杏子はつと弘の枕もとにはしった。

「いつぞやはほんとにありがとうございました。おぼえていらっしゃいますか、わたし昨年の暮れ青森発で上野へくる列車のなかで白い鸚鵡をバスケットに入れてきてみつかった女の子です」

弘の眼はかがやいた。そして病人らしくないほど元気のいい笑い声を立てて、

「そうそうおぼえていますとも、あの赤い支那服を着た子でしたね。そして、白い鸚鵡は上野ですぐだれかにとられてしまったでしょう——」

と杏子を見て笑った。

「ええ、そうですの、よくおぼえていてくださいましたわ」

「しかし、ぼくはまだあなたに会うのはすこし面目ないな——」

弘は頭をかいた、ながい病気で理髪できないのでまるで芸術家めいて長い髪がおかしいほどみだれていた。

「あらッ、どうして、そんなことをおっしゃるのですの?」

と杏子はあどけなく弘の顔をみつめた。

「それは——あのときぼくはあなたに誓いましたね、あの鸚鵡はきっとぼくが取りかえしてあげるって——それがまだ実行されていませんからな——」

「まあ、そんなこと、もうわたしあの鸚鵡はなくてもしあわせですもの——わたしはもうあの支那服を着て奇術をしないでもいいのです、女学校にはいったのですもの——」

「おお、それはおめでとう、ぼくも車掌はやめていま学校にはいっているのですが、それがこんどの夏盲腸にやられてさすがに心ぼそくなりましたよ。さいわい手術後の経過もよくて、まあもうしばらくで退院もできそうですが……」

こうしたふたりの問答のかたわらに、お召の単衣に匂やかな帯をしめた美しいお俊がおどろいたように立っていた。

杏子はそのほうにふりむいて、

「お姉さま、この方よ、あの始めて東京へひとりでくる途中親切にしてくださすった車掌さん——」

と弘を紹介した。

それから弘は銀之助をたすけて宿につれてきてからの話を口おもくしかしやさしくぽつぽつ話した。

「わたしたちこれからお花や果物を持ってお見舞いにあがりますわ、ねえお姉さま」

杏子はわすれ得ぬこの恩人への奇遇を喜んでいそいそとした。

その日東中野の家へ立ちかえった杏子たちは浜子にこの宇品弘とのめぐりあいを報告した。

「まあ、その方ならこの春上野でもちょっとあいましたよ、いくらお名前をきいてもしらせてくださらなかったが、こんどはいよいよわかりましたね。杏子さんはときどきお見舞いに行ってってあげなさい。せっかく上京し、苦学していらっしゃるのにそんなご病気でひとりぼっちの病院生活ではどんなに心細いでしょう、わたしもそのうちお見舞いに行きましょうね」

「でもあの方だいじょうぶよ、それはしっかりしていらっしゃるんですもの――でもわたしこんどきれいなお花を持ってお見舞いにゆきますわ」

杏子は弘へお見舞いにゆく日をたのしんだ。

それから二、三日ののち、ふたたび杏子はお俊と連れだって病院に弘をおとずれ枕辺に美しい花をおくった。

「ありがとう、銀之助君もはやく帰ってくるといいのですが――地方の避暑地をまわる演劇団の一行の楽手ですからね、いずれ秋風が立ったら一度はまた東京へ舞いもどってぼくの宿へたずねてきてくれると思って心待ちにまっているのですが……」

「銀ちゃんがきたらずいぶんうれしがるでしょうね、わたしもお俊姉さんもそろっているんですもの――」

杏子はもう弘のまえではやさしい兄さんにあまえる妹みたいに心おきなくはしゃいでいた、でもお俊はまだ弘には紹介されたばかりでか――いつものおきゃんに似あわず遠慮がちにしとやかにふるまい、あまり口数もきかなかった。

その日帰ってから杏子は夜お俊と枕をならべて臥床のなかで、

「ねえ、お姉さまわたし慾ばりやさんでしょう、こんなことを考えているの」

という、

「どんなこと考えているの？」

とお俊が聞けば、

「あのウねえ、宇品さんのようなお兄さまがもしあればいいなあと思うの。ねえ、お姉さまのようにあの方ももしかわたしのお兄さまのようになってくださるといいけれど……」

お俊はなんともそれに答えなかった。

「ねえ、お姉さま、あの宇品さんほんとにいい紳士でしょう、お姉さまもそうお思いになるでしょう」

「そうね」

と言葉すくない返事である。

「お姉さま、どうしてあんないい方と、よくお話してくださらないの、いつでも病院で杏子ばかりおしゃべりしているんですもの。お姉さまたら宇品さんのまえではずいぶん無口でおとなしいんだもの――」

なにげなくいう杏子の言葉に、なぜかお俊はぱっと顔を染めたけれども――さいわい灯がほのかなので杏子には見えなかった。

「だって、わたしもうあなたとちがって子供じゃない大人ですもの――そうすぐおしゃべりはできないもの――」

(そう、大人ってずいぶん不自由なものだこと――)と杏子は思った。

そのつぎの週の土曜日の午後、杏子はまたお俊と病院にでかけた。お俊も旅のつかれもあり、しばらく津川の家で止められるままに休養することになったので、ひまさえあればこうして杏子と連れだってでるのである。

その日弘はもうすっかり快復ちかく、二、三日のうちに退院できるといっていさんでいた。

杏子は持ってきた資生堂のアイスクリームを魔法びんから取りだして弘にすすめた。

「宇品さんはこちらですか?」

こういう声が病室の入口でしたのでお俊がでて見ると、「あっ」といいあって彼女は立ちすくんだ、毎日噂さをしあっていた銀之助が、松葉杖をつき片手にクラリオネットと、そして白鸚鵡の籠をさげて立っていたではないか。

「銀ちゃんよ!」

こうさけぶ声に杏子はばたばたと走りすすんだ。

「まあ、銀ちゃん、そして白蘭花《バレエホ》!」

ふたつの思い出のなつかしい友はかくして人ひとりと鳥一羽、いちどきに杏子のまえに奇蹟のごとくあらわれたのである――

帰京後弘を下宿にさっそくたずねたが、入院と聞いてここへきた銀之助はまったく思いがけずも杏子とお俊とのふたりに行きあえたのである。

「ねえ、宇品さん、杏子さんとお俊ちゃんとぼくとそしてこの白鸚鵡がそろった以上、これから奇術の一座をひらいてもいいくらいですよ」

と銀之助はいさみ立った。

「あら、もう杏ちゃんは奇術なんかできないのよ。女学校の優等生ですもの——」

お俊はこう笑って杏子の身の変化をこまかに語った。

「ああ、そうなの、じゃ、杏ちゃんはもうぼくたちのお仲間ではないんだねえ……」

と銀之助はさびしそう……

「でもお友だちよ、一生わすれられないお友だちよね——」

杏子は心からいいつつ、銀之助の不自由な脚と松葉杖を見やりつつ、

「銀ちゃんあなたの足は——あの吹雪の夜、楽屋からふたりで逃げだすとき屋根からあなたが落ちたでしょう、あのときの傷なの——」

杏子は心配そうに、

「うん、まあそうなの、しかししかたがないさ、運命だもの」

銀之助は気にもかけぬごとくかるくこたえた。

「ごめんなさい、ごめんなさい！」

杏子は泣きださぬばかりに銀之助にわびた。かれの足が不具になったのは、まったく杏子を逃がすための犠牲といってもよいのだから——

「杏ちゃん、そう気にしないでもいいですよ。わが最愛なる銀之助君がうつくしい可憐な少女をすくわんためのいさましい騎士だった永遠の証明にその松葉杖はなるのですからね」

弘がちいさい騎士の銀之助の手をとってほおえんだ、しかもこのちいさな騎士は杏子のために伊豆のうみべのある別荘から白鸚鵡を取りもどしてきてしまったのだ。

「この白蘭花《バレエホ》は銀ちゃんの手にどうしてはいったの？」

これは弘も杏子もお俊もひとしい疑問として聞きたがった。

「これはねえ——」

とかれは伊豆のうみべでのできごとをつげた。

「じゃあ、君はこの鳥をぬすんできてしまったわけだね」

弘が眉をひそめてこまった表情をした。

「いや、ちがいます。ぬすんだんじゃありません。もとは杏ちゃんの鳥ですから取りもどしてきたんです」

銀之助はすずしい顔をして盗人でない意気をしめした。

「ハッハ、、、、だって人の家にあったものを君だまってこっそりと持ってくればっまりぬすんだのだよ」

弘にそういわれて銀之助はひどくしょげきって、

「そうですね――でもただいったのではかえしてくれないと思って――」

みなは思わずどっと声をあげて笑った。

杏子はひさかたぶりであった白蘭花《バレエホ》の籠のそばへよって、なつかしそうに「白蘭花《バレエホ》」と呼んで籠をたたいた、するとなんと思ったか鸚鵡は羽ばたきをして「高子さん！」と啼く……

「あら、高子さんって――へんねえ、こんな名を呼んで――」

杏子はみょうな顔をした。

「ええ、それがおかしいんですよ、ぼくがクラリオネットを吹けばそのときは思いだしたように『花宝玉《ボアボオイユ》』と呼ぶんだけれども、そのほかは『高子さん』とよく啼くんですよ」

と銀之助が説明した。

「まあ、ではわたしの手をはなれてからこの鸚鵡はきっと高子さんとおっしゃる方に飼われていたんでしょうね」

杏子はうなずいた。そして彼女はかんがえた。

「その高子さんという名をよぶぐらいでは、ずいぶんこの鳥はその方にかわいがられてきたんですわ――いまその鳥を銀ちゃんにとられてしまって、その方はやっぱり上野でわたしが鸚鵡にわかれたように悲しくさびしがっていらっしゃるでしょうね――わたしはもう奇術にでないでいいんですもの、この鸚鵡がなくても幸福に暮らせるんですもの――だまって持ってきてしまってはいけないでしょう、わたしねやはりこの白鸚鵡はその伊豆の別荘の方におかえししたいと思いますの――そして銀ちゃんがぬすんできた心が無邪気な原因からだとよくお話をしておわびすればいいんでしょう――わたしこれをまた伊豆の方へ持って行ってあげますわ」

杏子は鸚鵡がわれとちがう人の名を呼ぶことから、この白蘭花《バレエホ》がいつのまにかよくほかの人になじんでいたのを知って、その愛していた飼主へもどすのが、むしろ正しいと信じるのだった。

「そうね、まあいちどは、その鳥をおかえししましょう、そしてよくお話すればなぜその鸚鵡が高子さんという方の手にはいったかもわかりますし――」

お俊も賛成した。

「えらい！　杏ちゃんはさすがに学校にはいっただけあるね。あんなにだいじだった鸚鵡も、ほかの飼い主の手へ返すというのだから――ほんとにえらい、ぼくそれに賛成する、よくその鸚鵡の由来を説明して、そのうえであらためて杏ちゃんの手にもどるなり、先方へおくるなりしたがいいでしょう」

こうして銀之助が杏ちゃんのもとへはこぶために無心にぬすみきた鸚鵡は、ふたたび杏子の正直な心から一度伊豆の別荘まで持ちかえされることになった、そして杏子はその翌日の日曜日、津川のおばさんのゆるしを得て東京駅から伊豆の海辺の別荘を銀之助におしえられて、ひとり鳥籠をもって朝早く出立した、さいわい日帰りでかえれるくらいの場所ゆえ……

逝《ゆ》く子の巻

伊豆の別荘にやむ高子の身はその秋のころ――海辺の潮騒さびしくなりまさるころ細々といやがうえにもほそりいった。

何人にかぬすみさられて鸚鵡をうしなってから病む身のつれづれをなぐさめる、そのかわりの鳥をと父君が東京から送ろうとされたが――高子は首をふった。

「おかあさま、おとうさまにそうおっしゃってちょうだい、もう鸚鵡はいりませんわ、あの白いかわいい鳥――わたしの名をかあさまが教えこんでくだすったあの鸚鵡だから好きだったのですけれど――ほかの鳥屋で買った鸚鵡はいりませんわ」

と高子はほかのかわりの鸚鵡をむしろいやがった。それでなにごともわが子の心のままにと母の鎮代夫人もしいてかわりの新しい鸚鵡をもとめようとはしなかった。

それにあの珍らしい美しい白鸚鵡のようなのが、内地で手にはいるすべもなかったままに――東京からたびたび来診される医学博士たちも高子の容体には小首をかしげて母夫人をこかげにまねいて気の毒そうに、

「お嬢さまはこの秋の木の葉の散るころ、それまでせめてお身体がもちつづけられるかどうかと案じておりますが――」

と愁いのくらい眉をひそめた。

母夫人はかくごせねばならなかった。天にも地にもかけがえのないひとりの愛児の生命もこの秋の木の葉の散るころは、やはりそのまだうら若い少女の生命を蕾のままに地に散らすのかとその胸はさけるばかりだった。

父の利継もいまでは本邸を留守にしてこの別荘に多忙の身をとどまらせていた。

わかくて世を去る子はひとにまさって智恵深しとや――げにも高子はその例にもれなかった。

「おかあさま、わたしがもし亡くなったらあのピアノはもういらなくなりますわね……」

ある日病いの枕辺に見まもる母をあおぎつつかくいった。

「なにをそんなえんぎのわるいことを高子さんはいうのです、それよりも早くなおって、また上手にピアノを弾いてかあさまにきかしてくださいよ」

母の胸は早くも涙にふさがるをしいてさあらぬていにしつらえつ、かく叱るようにことうれば、

「でも、かあさま――わたしお願いしておきたいんですもの、わたしが亡くなっていらなくなったピアノはあの緑ガ丘女学院に寄附してあげてくださいな。ね、いつかおっしゃったでしょう、あの女学校にはまだピアノがないって――かあさま、ピアノがない学校の方はおかわいそうですもの、そのお役にたつようピアノをわたしの遺品《かたみ》としてさしあげてくださいな――」

高子の言葉はかしこくやさしかった。

「高子さん――そ、そんなお話はいけません、あなたが死ぬなどと考えるのもおそろしい――けれどもあの女学校にはいずれかあさまがピアノを買って寄附しましょうね」

夫人は涙ながらにわが子の不吉な言葉をとめた。

「ねえ、かあさまわたしはほんとに小さいころから病気ばかりして、かあさまにご心配をかけて不幸な子でしたわ――でもねわたしおとうさまにもおかあさまにもこんなに愛していただけたんですもの――わたしは生まれた甲斐のあるしあわせな子ですわ――でもおかあさまはおさびしいのね、わたしがもしいなくなったら――もし高子に妹がいてくれたらよくおかあさまをおなぐさめするようにたのんでおけるけれど……」

――あわれわがこの世を去るをも悲しまで、あとにのこる母のためそのさびしさをうち嘆くけなげな少女の心づくしよ……母君はいまはたえかねて声もなく、よよと娘の髪をかきなでつ抱きしめて泣きふした、つぎの間にひかえたわかい看護婦も白衣のそでに涙の顔をかくした。

秋の海のさびしさよ、とおく枕にひびく汐のひびきのやるせなさ――啼きつれわたる雁の群れが伊豆山頂の空をかけりて――この別荘の垣に、ゆく夏のなごりを見せる蔓薔薇《つるそうび》音ものう秋の薔薇《そうび》白き儚なさにそのたそがれを散ってゆくのだった。

――おお、逝《ゆ》く子はわが生命のたのみなきを早くも知っていたのであろうか――高子はあの悲しい会話を母とかわしてから幾日ものう、伊豆の海辺の沖に星ひとつ流る夕べ――父と母との嘆きの涙しめる手にいだかれつつ、美しくさびしかりし少女の生涯をおわった。

その翌日の昼ごろ、一台の車は喪にこもるその別荘の門についた。くるまから降りたったのはひとりの少女、手にはだいじそうにささげた白鸚鵡の籠――セーラー服もかろげによそおいしその少女こそ杏子である。

なげきの巻

わが手にもどりし白鸚鵡を、しばしといえども飼いにし人にことわり述べて、かえさんとて、はるばる伊豆にきたりし杏子は、いまその別荘の入口に案内をこうた。

邸内はなんとなく、うちしめっている気分だった、玄関にあらわれた小間使いの姿さえ力なげだった。

「わたしは、先日までこちらでお飼いになっていらっした、鸚鵡をおかえしにあがったのでございます——」

とつげると、

「まあ、あの先日とられた鸚鵡を——へえ」

とびっくりしたらしかったがいそいで奥へとりついだ。

「どうぞ、こちらへ」

とやがて杏子は客間にとおされた、純日本ふうの十畳の広間、床に秋草がにおうが中央の紫檀の大テーブルのおもてに縁先から海の青きがはゆるごと、そのながめはよい——まもなく縁をふむしなやかな裾さばきの足音とともに、虫くい色紙を金と銀との箔におした大襖がひらかれて、中年のけだかい婦人が姿をあらわした。

「あのなにやら、鸚鵡をかえしにいらっしたというのはあなたですの?」

夫人はやさしく声をまずかけて、この思いがけない少女の来訪者に、ふしぎな瞳をそそぐのだった。

「はい――この白い鸚鵡はわたしが以前ある女奇術師の一座ではたらいておりましたとき、舞台の手品につかっておりましただいじな鳥でございました、それでわたしはこの鸚鵡を持って昨年の暮れに東北から東京にでてまいりました。そして上野に着きましたとき、そのこんざつのなかで鸚鵡を駅でうけとる預り証をすりとられてしまって、この鸚鵡はだれかほかの人にぬすまれたのでございます――」

「まあ」

夫人はくしき鸚鵡のいわれに感じいって聞いておられた。

「たいへんわたしは悲しかったのですけれどいたし方なく――どうかしてじぶんの手にもどる日をいのっておりました。ところがこのあいだわたしとおなじ一座ではたらいておりました少年がこのご別荘のちかくでクラリオネットを吹いておりましたら『花宝玉《ボアボオイユ》』と呼ぶ鳥の声におどろいてみますとこのお家の縁先にこの鸚鵡がつるされておりましたので――ではきっとこの家のなかにわたしがきていることと思ってお玄関でおたずねいたしましたところ、わたしのような者はいないといわれ、ではこの鸚鵡はわたしからぬすまれてこちらに飼われているのだと想像してしまって、だまってじぶんの手にとり返したつもりでご縁先から籠をはずして東京のわたしのところへ持ってきてくれたのでございます。わたしもだいじに愛していた鸚鵡が手にもどりましたからほんとに一時はうれしく思いました、するとこの鸚鵡はいつのまにか『高子さん』と人の名を呼ぶのでございます。わたしが奇術につかっておりますころはクラリオネットの音といっしょに、『花宝玉《ボアボオイユ》』のわたしの中国風の芸名を呼ぶのだけおぼえておりましたのに、いまひさしぶりでこの鳥にあえば、もうわたしの名よりはひんぴんと新しい呼び名の『高子さん』をいつも呼ぶのでございます。わたしすこしさびしい気持がいたしましたが——でもそんなにまで名を呼ばれる方はきっとこの鸚鵡を心からかわいがっていらっしたやさしい方だとおもいました。そしていまのわたしはもうこの鸚鵡を使って奇術をいたさないでもよろしいのですから、いっそこの鸚鵡をそんなに愛して飼っていらっしゃったお方へさしあげるほうがよろしいと存じまして、それになにもおことわりせずに持ちだしてまいりましたのはやっぱり泥棒のようで、——どうしても一度おわび申しあげなければと存じましたので、それできょう東京から籠を持っておうかがいいたしました。あのその少年の方はただ、わたしの鳥だからと思って持ってかえってしまったのでございますからどうぞごめんあそばしてくださいませ——」杏子はかく鸚鵡を持参した理由をのべてあらためて、夫人のまえに籠をだした。

「まあ、さようでございましたか——ほんとにありがとうございます、でもそうおっしゃってくださいますとわたしの方こそおはずかしい次第でございます。じつはこれはわたしの邸の運転手が持っておりました鳥でございまして、それがあなたが上野でおとられになったものなどとはすこしも存ぜず、娘の高子と申すちょうどあなたとおなじ年齢ごろの子がこれをたいへんかわいがりまして運転手から借りて手許におきましたのでございます。病気になりましてからもこちらへまいるときもぜひあの鸚鵡を持って行きたいとたのみますのでこの別荘へ持ってまいり、病室の縁先につるして朝夕その名を呼んで、啼く鳥をながめてさびしい中に、はかないなぐさめにいたしておりましたのでございますよ——」

夫人のしめやかな声に杏子はいっそう心をひかれて、

「まあ、高子さんとおっしゃる方はご病気でいらっしゃったの——そのおなぐさめにこの鳥がなりましたのならなおさらのことでございます。どうぞ早くご病室へ持っていらっしてくださいませ」

と杏子が鸚鵡の籠を夫人のまえにおしやったとき——夫人の眼に涙がひかった。

「ありがとう存じます。でも——あなたもうその子は逝きました——きのうの宵に……ほんとに生きていたならそうしてやさしいお心であなたが鸚鵡をかえしてくださったのを、あの子はどんなにか喜んだでございましょうに……」

かくいいつつ夫人はそっと袂に涙をはらう――杏子は息をのんだ、おおこの白蘭花《バレエホ》をめでて朝夕その啼き声になぐさめを得しひとはすでに亡しというを――

「まあ――お亡くなりになったのでございますか、唯一のおなぐさめだったこの鸚鵡がいなくなっておりました間に……」

思えば銀之助がじぶんへの心づくしにぬすみ去ったこの鸚鵡――そのしわざは意外にも罪おおいことになったような気がして夫人のまえに顔をあげ得ず、めでし子を失いし夫人のなげきにつまされて杏子もまた涙さしぐまずにはいられなかった。

「いいえ、そんなことはございません――かえってこちらこそ知らぬこととは申せ、あなたのぬすまれた鸚鵡を飼っていたのでございますもの……それにしても、わざわざこうして返しにきて下すった心持をあの子の魂も喜んでいることでございましょうし……もしご迷惑でなくばどうぞあの子の亡骸になりとあなたのお心づくしのこの鳥を見せとうございますゆえ、あなた失礼ながら奥へいらっしてくださいまし……」

夫人はこういって立ちあがられた。

「はい……ではご霊前になりと、この鸚鵡をささげてくださいませ」

と杏子はしとやかに白鸚鵡の籠を抱いて夫人のあとにしずかにしたがった、――かくて入りし奥座敷のなかに、すでに亡き人のかずに入りしうつくしき少女は白き羽二重の褥《しとね》におおわれて香煙《こうえん》はしめやかにそのまえに立ちのぼっている。

夫人は生くる人にものいうごとく――

「高子さん、あなたがあんなにかわいがっていたあの白鸚鵡のほんとの飼い主はこの方なのでしたよ――でもあの鳥が高子さんとあなたの名を呼ぶのをお聞きになって喜んであなたへさしあげるとて東京からきょうここまでせっかくいらっしてくだすったのですよ――それごらんなさい、あの鸚鵡はあなたのそばへもどってきました」

母の涙につぐるこの言葉とともに白き鸚鵡の籠はなき子の霊にささげられた――あわれ心なき鳥のすでにその少女世になしと知るやしらずや真白の翅にはばたきて一声なくや「高子さん！」

杏子は胸もふさがる心地にて思わず、がばと畳にふし声もおしまず泣きふした。わが身とて、おさなきときからさまざまの悲しい思いは身に沁みてきたなれど、いま目のあたり見るあまりにあわれふかくもはかないありさまに、わが世のあわれを知りし身だけにひとしお心にせまりて、嘆きの涙はとめどなく流れ落ちるのであった。

杏子が心から深い同情になげく涙をみて夫人は悲しいうちにも人の情けの身にしみてうれしげにたむけの香を焚きしめつ、

「高子さん、鸚鵡があなたの名をいまもかわいく呼んでいますよ、高子さん、きいてて?」

母の慈愛の言葉も悲しみせつに——杏子は夫人のあとにすすみ、おのれもまた一つまみの香を焚きて合掌礼拝した。あわれ、なに不自由なき富める家に愛《め》ぐし子とそだちて、かくも慈愛あつき母君を持つ身にて、はかなくもいまだ世の春をなかばに地を去れるけがれ知らぬ少女の魂よきけかし、わが心よりおくれる白き鸚鵡の無心の哀慕の声を!

夫人はややありて杏子のほうをふりむき、

「この子の父もここにまいっておりますから、一言あなたにお礼を申しあげるように申してまいります、しばらくお待ちくださいませ」

と夫人は立ってまもなく利継をともなって入りきたった。

「あなた、このお嬢さまですの、ご親切に鸚鵡を高子に返しにきてくだすったのは、よくお礼を中しあげてくださいませ」

と夫人が杏子を引きあわせたせつな、利継は「ヤッ」と顔色をかえた、それを見て杏子もまた言葉もなく眼をみはった、おお忘れめや、この人！　この顔！　過ぎし日にお俊とともに亡き母の悲しき遺言をたずさえて訪れゆきし、麴町の安河内家の応接間にすげなき言葉にわれを追いはらいしその邸の主ではないか。

利継も杏子もしばしのほどは無言でなんというべき言葉もしらぬげであった。そのようすに夫人はいぶかしげにふたりの顔を見くらべるのだった。利継はややあってくるしい表情のなかにうめくがごとく口を開いた。

「ああ、天罰だ、あなたにここでおめにかかったのは、そうして亡くなった高子のあんなに好きだった鸚鵡がやはりあなたのたいせつな鸚鵡であったとは、――」

その言葉に夫人は思わず良人のかたわらにすすみより、

「まあ、ではあなたはこのお嬢さんをまえからご存じだったのですか、それにしても、どうして天罰などとおっしゃるのですか――」

夫人はふあんな面持だった、かく妻に聞きとがめられて、いまは詮なしと決心したらしく利継ははじめて杏子とじぶんとのあいだにまつわる秘密を告白した。

「鎮代、いままでお前にかくしていたのはわたしが悪かった、いま高子の霊のまえで父としてわたしはいっさいをざんげしよう、鎮代そしてあなたも聞いてください」

利継は夫人と杏子のまえに頭をうなだれた。

「鎮代、このお嬢さんは、おまえとかって許婚であった内尾公弘君のこどもなのだ」

この利継の言葉にいたくもおどろいた夫人は、

「まあ、あなたが公弘さんの——」

と杏子の顔をまじまじとみつむれば、すぎし昔、中国にゆきしまま姿を消してしまった、かっては許婚の仲なりしあの公弘のおもかげをうつした杏子——夫人には若き日のつらかりし思い出がすぐわくのだった。

利継は語をついで、

「とつぜん、そういったのではわけがわかるまいが、実はこういうわけなのだ、内尾君とぼくとは安河内家の後継者として内心にらみあっていたのだった、思えばぼくはきたない野心家だった、安河内家の名声と地位とそして美しい処女《おとめ》のお前とをわが物にしたかったのだ、そのためにはぼくよりも一段人格が高かった学力のすぐれた内尾君はどうしても邪魔だった。しかしとうとう月桂冠は内尾君の頭にかけられようとした。ぼくは失意のあまり自暴自棄におちいって安河内家をとびだし、故郷の村にひっこみ、そこの教会でたいへん世話になった牧師のひとり娘、靖子というのと結婚の約束をし靖子がすでに母親になろうとしたときに、東京の甲田弁護士がぼくをたずねてきた、甲田氏は安河内家の相談役だったのだから、ぼくはかねがね安河内家の養子となるときについて、この人の尽力をねがっていたのだ、甲田氏もまたじぶんのほうの利益からぼくを安河内家の相続人にしたいとのぞんでいたので、そののぞみをはたすためにぼくに恐ろしい相談をしかけた、それは甲田氏が策略をめぐらして内尾君の信用を安河内家からおとしめようとするのだった、ぼくは自分の欲望のため悪魔となってその相談に賛成したのだ、その相談がなりたつと同時にぼくは不人情にも、その牧師の娘をふりすてて行先もつげず東京の安河内家にかえってきた、そしてなにくわぬ顔で大学の卒業準備をふたたびつづけていた、甲田弁護士はまもなく中国に用があって立って行った、そしてあちらから公弘君にあてて手紙を送った、それは支那で亡くなったはずの公弘君の父上が中国の某軍のためとらえられて長いあいだ牢獄にいた事がわかったから、身代金をもって救いにこいという報せだった、それで公弘君はおおいに喜んでとるものもとりあえず安河内家の主人不二人氏にねがって中国に父君をむかえにゆく事になった、そして父をともない急いで立ちかえりしのちに鎮代とめでたく結婚して、安河内家の後継者になるという堅い約束のもとに出立して行った、それらはみな甲田弁護士とぼくとの狡猾な計略だった。なぜなら公弘君の父上が中国に生存していられるなどとはもちろんでたらめであったので、公弘君が中国につくのを待ちかねた甲田氏は、待ちうけていて公弘君をそのころ上海あたりで有名だった美しい歌妓《かぎ》鳳黛玉にあわせ、そのうえ戯れのようにしてふたり並んだ写真をとって、なにもしらぬ公弘君は甲田氏の言を信じて父上のゆくえをさがしたが、もとよりでたらめだからみつかるはずはない、それに同情した黛玉はいかにもりりしい日本の青年の公弘君を愛して、ともに連れだって公弘君の父上をさがすことに尽力してくれていた、そのあいだに甲田氏はすばやく日本に立ちかえり安河内家の主人に黛玉と公弘君のならんだ写真を証拠にしめして、いかにも公弘君が中国で堕落生活を送っているようにつげたのだ、それを聞きいちずにおこった鎮代のおとうさんは娘との許婚の仲をとき、中国の公弘君にあててだんぜんたる絶縁状を送った。そしてぼくは公弘君にかわって鎮代と結婚し、安河内家の相続人となって今の位置をしめるようになったのだ、公弘君は安河内家からひどく誤解され、絶縁されたのでいまはなにごとも運命とあきらめて黛玉と結婚し、父上のゆくえをなおも探しだそうとむなしい努力をつづけていた、するとふとした事から、はしなくも公弘君がじつは安河内家の栄誉ある相続人となるはずだった人ということを黛玉はしったのだ、そしてじぶんのことからひどく安河内家の怒りをまねいたのもしった彼女はやさしい女心に、公弘君を日本にかえしてもとどおり安河内家の養子の約束をはたさせたくねがってその意志を置手紙にのこしてある日姿を消してしまったのだ。公弘君は黛玉のこのかなしい決心に心うごかされてまた日本へもどろうとして、とちゅうの汽車で手にした日本の新聞に安河内不二人氏の愛嬢と、山野利継との結婚式がすでにあげられたことを知った。

——もうこのうえは日本にかえる要はないのだ、公弘君はそこでぼくに別れの手紙をおくり、じぶんはいっさいをあきらめて中国ではたらく、君は鎮代のため善き良人となってくれたまえとつげて、そのまま黛玉とふたたび生活をともにしようとしたが、そのときすでに黛玉という婦人はこのお嬢さん、すなわち公弘君の子供を身体に宿して悲しくさすらっていられたのだろう、そして所持金も使いはたしたのち、ついに奇術一座にはいって舞台に子供までたたせるまでにはどんなにか苦労をされたと思う、しかし黛玉はじぶんが犠牲になって公弘君を日本へかえし良家の主人の位置をしめさせたと思って安心していられたのだ、それゆえじぶんが死ぬにあたって、日本の安河内公弘と名をしるして遺書をしたため子供にもたせて、東京へ父をおとずれよといいふくめたのだと見える――それで今年の正月ごろひとりの若い日本の女優といっしょにこのお嬢さんが赤い支那服で麴町の邸へ公弘君をたずねてきたのだ、ぼくはそのとき昔の罪悪がいまこの子供たちの来訪によって白昼にさらけだされるのをおそれて、すげない言葉で追いかえそうとした、そして多少の金をあたえればよいと思い金をおくろうとしたが、つきそってきた若い娘がおこってその金をつきかえして立ち帰ったのだ――ぼくもさすがに良心がとがめたが、いまそんな事が知れては面目なく、ぼくの人格もうたがわれると思って、妻にもいっさい秘密にしていたのだ――ところが今日はからずもその子があの高子の鸚鵡をもってここへたずねてきてくれたではないか――天がぼくにおのれの非をさとらしめようとするのであろう。ぼくはいまさら一言もない、鎮代のまえにもまた貴女のまえにも深い罪を謝してわびます――思えば高子は父の罪ゆえにかくも短命で逝くのであろう、わたしは十分にいま罪のむくいに責められているのだ……」

利継のくるしげに沈痛ないっさいの過去の告白は、香煙立ちこむるかなしき部屋のしずかさをさらに静かにうちしずませた。

「よくいってくださいました、なにもかもよく話してくださいました、――あなたもどうぞ良人の罪をゆるしてあげてください、高子の父がわが子の死に会うた悲しみのまえでいまこそあなたへ昔のけがれた罪をわびて、高子の霊のまえに父の罪を洗い浄めようといたすのでしょうから」

夫人は涙ぐんで面目なげに杏子のまえに手をついた、さきほどから父や母の過去の運命を説ききかされて胸もつぶれるほどにせつない杏子は涙にぬれた面をこのときあげて、利継夫妻にむかいりりしくもいった。

「――よくわかりました、父のそうなったのも母が悲しい日かげの生涯で亡くなったのもみな運命でございます。そしてわたしはそのかわりにいまは幸福に親切な方たちの手でぶじに守られ救われたのでございますもの、いまさら過ぎ去ったことをいってどなたをお恨みいたそうとも思いません、ましていま目のまえに唯ひとりのお嬢さまをおなくしになったご不幸なおとうさまやおかあさまをどうしてお責めできましょう、わたし、きっと亡き母もいまのわたしのしあわせを天で喜んで見て安心していると信じますもの……」

けなげにも杏子は罪と悲哀にはじいる利継の罪をとわず、むしろなぐさめ顔であった。

「ありがとう、――どうぞ許してください」

利継はこの少女のまえに両手をついてわびるのだった。

「でも一言聞かせてくださいまし、いつぞやうかがったとき、わたしの父は死んだとおっしゃいましたが、それはほんとうでございますか、父はやはり中国で亡くなったのでしょうか――」

心にかかる父の安否――まだ見ぬ父のことを杏子はどうしても知りたがってかく、ねがった。

「それは、あの時ぼくはいちじまぎれに無責任にいったのですが――じつは二、三年まえ中国に革命の戦争のあった時、その革命軍に公弘君は重要な参謀としてはたらいていたと聞きました。いまもきっとぶじでその方面で活動していられると信じます、ぼくはあなたと公弘君への罪ほろぼしのためにもぜひ公弘君の行方を探しあてましょう、中国にはわたしの事業関係のしたしい友人がたくさんおりますから、できるだけ早くあなたのおとうさんの存在をお知らせすることにします。ぼくもいまとなっては公弘君とあい、かたく握手して昔の恥ずべき卑劣な行為を告白して、男らしく謝したいのですから……」

利継のまごころ表わすことばとともに夫人は涙をこめて、

「まあ、これもみな高子の魂がわたしどもをめぐりあわしてくれたのです、そしておとうさまのくらい秘密を明かるくさせていっさいを浄めようとしてくれたのですわ、――この子の死もけっして無意味ではございませんでしたのね、――やはりこの子も親の罪をあがなう十字架をちいさい肩に負うて、神のみもとへ召されて行ったのでございますわ……」

夫人はよよと泣きむせんだ。

その夜伊豆から東京の津川家の浜子にあてて一通の電報がきた、文面には「杏子さん今夜こちらへお泊めする、委細面談、万事ご安心あれ」という意味だった。

その夜、杏子は伊豆の安河内家の別荘でなき令嬢のかなしい通夜をその父君母君とともにしたのである、杏子はそのため入学いらいはじめて学校を休むことになった。

その月曜日の朝、二台の自動車は別荘をでて東京へと走った、まえなる自動車のなかには亡き子をおさめし棺が白綸子《しろりんず》の絹におおわれて杏子がつみし秋草の束が露にぬれしまま供えられていた、あとなる車には利継夫妻とともに杏子が乗っていたのである。

祖父母の巻

杏子が白鸚鵡をかえしに伊豆のほうへ行ったそのるすの日、お俊が病院に弘を見舞いにゆくのだったが、彼女はみょうに出しぶって——

「おばさま、いつも杏ちゃんとふたりでゆくんですけれど、きょうはひとりでなんだか——」

「ホヽヽヽ、ひとりで行くのが心ぼそいのですか、お俊ちゃんにも似あわない、まるで子供のようなことをいって——」

浜子は笑った。

「でもひとりではきまりがわるいんですもの——」

お俊は弘の病床へひとりで行くのをはにかんでいるのだった。

「それではわたしが今日ごいっしょに行きましょう、いずれ信州からおじさんが帰りしだい一度あの車掌さんだった方のところへはお見舞いにゆくつもりだったのですから……」

と浜子はお俊とつれだってでかけた。

弘はもう明日あたり退院することになったので、銀之助がもとの下宿のほうへ行って部屋の用意をして置いて、じぶんは夜だけそこに寝とまりして、一日病院へきて少年看護婦のような役を喜んでつとめていた。

その日も朝はやくから弘のもとへきて食物やお薬の世話をしていた、弘も元気づき快復後の計画を立てていた。

「銀之助君、君はもうあの演劇団の楽手はよしたまえ、もしでられるなら東京のどこかの常設館へでもでるといいね、そして君には音楽の才がたしかにあるのだから、うんとクラリオネットを勉強するんだね、ぼくも快復後はおおいに奮闘して君をたすけるつもりだからね」

「え、ありがとう、ぼくもパンのためにばかりクラリオネットを吹くのでは、しみじみ情けなくなっちまうんです。ほんとにこんどこそ一人まえの音楽家になるつもりで勉強してみたいんですよ。東京の常設館にでられたらずいぶんつごうがいいんですがね……」

そんな話をふたりでしているところへお俊が浜子とつれだってはいってきた、銀之助はいち早くその姿を見つけて、

「お俊姉さんいらっしゃい、杏ちゃんはきょう鸚鵡をつれて行ったんですね、あの別荘はすぐわかるところだから大丈夫だな――」

とそばへやってきた。

「杏ちゃんが今日いないでしょう、そのかわり津川のおばさまをおつれしたのよ、杏ちゃんやわたしがいまお世話になっているお家の親切なおばさまよ、――銀ちゃんははじめておあいするのね」

お俊は銀之助をこういって浜子に紹介しようとおばさんの方をふりむくと、浜子は銀之助の顔を穴のあくほど見ていたが――

「あなたはこの春上野の山下で自動車に突きとばされたのでしたね」

とあのときを思いだして問うた。

「え、そうです、奥さんはあの時見ていらっしゃったんですか――ぼく足が不自由だったので――」

と銀之助はきまりわるげにしたうつむいた。

「ややあ、たびたびお眼にかかりますね、ぼくはいまこそこの病院のなかでこんな病人の姿で名のりをあげるのは面目ないんですが――」

と弘は浜子の姿を見て、ベッドのうえから元気のいい声をかけた。

「いいえ、そんなご遠慮なく、ほんとにふしぎなご縁でしたね、あの時いらい――」

と浜子もなつかしげに弘のそばへより、たがいに名乗りあった。

「ぼくは別にろくなお世話もしなかったのに、かえってこのたびは杏ちゃんや銀ちゃんや――お俊さんやみなさんの親身な看護を受けてじっさい身にしみてありがたいんです――」

「それというのも、あなたが日頃あんなに義侠心があって、見しらぬ行きずりの少女や少年にもお兄さまのようにご親切になすったのですもの――その善きむくいがくるはずでございますよ」

と浜子は弘にいまみながめぐりあったよろこびをのべる――

「いや――ぼくは何も、じぶんのした事に報いをもとめはしないのですが、やはりぐうぜんこうなって見れば、四海同胞――世界中人間同志はみな兄妹という真理をふかくさとりましたな――」

弘とこんな会話をかわしながらも浜子はそばの銀之助をしげしげと見ていたが――

「あなたのお名前はなんておっしゃるの――さっきもお俊ちゃんが銀ちゃんと呼んでいましたし杏子もよく銀ちゃんとおうわさをしていましたが――」

とたずねた。

「ぼく――銀之助っていうんです。この名前だけは知っているんですが苗字はおぼえてもいないんです――それは五才のとき、ぼく千葉の田舎に里子にやられていたんです、そしてある日ぼくは旅の興行師にさらわれてつれて行かれてしまって、玉乗りをさせられたり、それから奇術の一座へ売られたりしたのですから……」

銀之助はじぶんを説明した。

「えっ、銀之助ですって――そして千葉の田舎に――あなたの小さいころあなたのあずけられている家へよくたずねて行った人の顔をおぼえてはいませんか――」

浜子は枕もとの椅子から立ちあがり顔色をかえて銀之助の肩をだいた。

「ぼく――ぼく――あの――ちいさかったのでよく顔はおぼえていないけれど、おじいさんとおばあさんって人がぼくのおもちゃや着物を持ってきてくれたのをすこしおぼえています――」

銀之助はある予感とおそれにわななないて――声もしどろにこたえた。

「そうでしょう、むりもない、十年もまえの話です――お前の顔にわたしの娘の靖子の面影がほのかに宿っているのは、この春上野でちょっと見たときからわたしはふしぎでならなかったのです、銀之助、わたしの不幸な娘が良人にすてられたあとで生んだ子も銀之助という男の子です、娘が死んでから乳をもらいに里子にあずけて置いたのも千葉の田舎です、わたしたちがお前を受取りにその里親のもとに行ったとき、悪い里親はお金に眼がくらんでその子を旅の興行師の手にわたしてしまって逃げていました――これでも、銀之助というお前がわたしの娘の子――わたしにとって夢にも忘れないひとりのかわいい孫でなくてなんでしょう――」

浜子は昂奮しつつ、はげしく銀之助を抱いて泣きむせんだ、抱かれたまま銀之助はぽかんとしていた。かれの幼時の記憶はうすく、この老婦人をいますぐ祖母と感じることはできなかった、弘もお俊もこのありさまにぼうぜんとしていた。

杏子は自動車から降りると息せききって馳けこむように津川の家へはいった。そのあとを追うように利継がつづいてゆく。

「おばさんただいま――」

その声に応じて玄関に立ちあらわれたのは信州へ伝道に行っていたはずの齋介だった。

「あら、おじさまお帰りになったの?」

「うん、きのう浜子から電報がきたので、すぐ帰ったのだよ」

「そう、わたしおじさまのお留守に伊豆へ行きましたの、そしてそれはたくさん、いろいろお話がございますのよ――」

と彼女はいいつつじぶんの背後をふり向いた。そこには安河内利継が立っていた、齋介は利継を見たせつなふと首をかしげたが――

「お客さまかね、おあがりください、さあ」

とかれはせまい客間へ利継をみちびいた。

「ねえ、おじさまわたしのあの白鸚鵡が行っていたさきは――まあわたしが上京したときおとうさまをお訪ねした、おなじそのお邸でしたのよ――」

杏子はすこし昂奮したもののいい方をした、さまざまな数奇な運命の手にゆだねられてきた彼女もこんどほどはげしい感動を受けたことはないからであろう。

杏子は利継のほうをふり向いて齋介にかれを紹介しようとしたとき、いままで黙々としていた利継は齋介のほうに二、三歩すすみより、

「津川さん、ぼくです、山野利継です、あなたのお嬢さん靖子さんをふりすてて逃げた卑怯なやつです――」

かれはくるしげな表情とともにかくいいはなった。

齋介はしかしその言葉にさほどひどくおどろきを見せなかった。

「おう、山野君か――すっかり見ちがえるほど君はりっぱな紳士になられたなあ」

齋介はしばらくしてなんの悪意もふくまぬ口調にこういって、じぶんのほうから利継へ手をさしのべた。

「りっぱになったとおっしゃられると、わたしは穴にはいりたいようです――杏子さんが鸚鵡をわたしの娘の高子に持ってきてくだすってから、はじめてわたしはじぶんのいままでの罪を知ったのです、そして帰京の車の途中でわたしは杏子さんを助け保

護していらっしゃるあなたご夫妻のお名前を知ったとき——さらにわたしはじぶんの過去に犯したつぐないがたい罪を身に負うてしまったのです、きょうは思いきって杏子さんをお送りしながらあなたご夫妻におわびして、どのような責めをも甘んじて受けるけっしんをしたのです」

利継のこの言葉はそばでそれを聞いていた杏子をひどくおどろかせた——彼女はいまが今まで利継が齋介夫妻のなげきのたねのあのなき靖子さんという娘の良人だった人とはつゆしらなかったから——伊豆の別荘で利継の過去の告白のなかにも、恩人の愛娘を見すててきたとかいっていた言葉はあったけれども、それが津川のおじさんおばさんの身にこんなに近い関係を持っていた人とは知らなかったのである。

齋介は利継のまえにすこしぼうぜんとしたごとく立ちすくんでいたが——やがて言葉をあらためてしめやかに、

「いや、過去はいっさい忘れましょう、な山野君、神につかえるわたしどもは、人間の犯した罪もゆるしあわねばならぬことはよく知っていますよ、それにわたしどもはもう感謝してもいいときがきたのです、というのは——靖子のうんだひとりの男の子をわたしどもは悪い里親のため、長いあいだ見うしなっていたのですが、それはたしかにきのうわたしどもの手に帰ってまいりました、その子はいまこうして祖父母の家にきていいます、いま呼びます、見てごらんなさい」

斎介は奥のほうへ声をかけた。

「浜子、わたしどもの手にもどった孫をつれてきておくれ――」

扉は開いた、浜子にたすけられて松葉杖をついた少年があらわれた。

「あっ、銀ちゃん！」

「杏ちゃん」

ふたりの少年と少女は馳けよって手をにぎりあい涙ぐんだ。

「な、山野君――いや安河内さん、ごらんのとおりじゃ、悲しい運命の子供たちはああしていつしか結びあい、助けあって牛にも馬にもふまれず成長してきたのですよ、――やっぱりわたしは全能の神のおおいなるみ手を信ぜずにはおられませんぞ」

斎介は粛然としていった、利継は首をうなだれた、この杏子といいまたじつの子であるはずの銀之助といい、皆じぶんの罪と野心と欲望の犠牲となってさすらっていた子たちなのだと思うとかれは一生かかっても、そのおそろしい罪をつぐなわねばならぬと感じた。

「浜子、これはもとの山野利継君——いまは安河内家の主人となられたのだよ——」

齋介が浜子につげたが、浜子はそれを聞くまでもなく、さっき隣室でいっさいのようすをすでにもれ聞いていたのだった。

「良人のあなたがすべてをお許しになったうえは——わたしもおなじでございます——」

浜子はうなだれた。

「——申しあげることばもないのです——」

利継はほんとに地のなかへでもめりこみたい気持で居たたまらぬつらさであろう。

「でもね、利継さんわたしどもはいっさい過ぎ去った昔をわすれてしまいましょう。でも亡くなった娘の魂は——」

亡き娘をおもう母心で、浜子の眼にはやはりうらみの涙がおもわず浮かぶのである。

「靖子もあなたがそうしてみずからすすんで悔いてきてくだすった以上天にいるあの娘もゆるしてくれましょう——なあ浜子そうだろう」

齋介は妻をはげますようにかえりみた。

「利継さん、靖子があなたにおきすてられたのち、ひとり子を抱えてどんなにつらかったか考えてやってください、そしてどうぞ靖子の魂に心からわびてやってくださいーー」

浜子はさめざめと泣きつついった。

「君も詫びるついでだ、この子に会うて父親らしく名のってやってはどうかな」

齋介は浜子のそばにさきほどから杏子とともにこの場の光景をあきれて息もつけぬ思いに見つめている少年銀之助の肩をしたしげにたたいて引きよせた。

利継は青白い顔、不具の脚ーーその少年を見すえた。

「わたしは悪魔でしたッ、じぶんの成功と栄達のためにはどんな手段でもとって人をきずつけるのをおそれなかったやつでした、しかしその報いはきてしまった……」

利継は頭の毛をかきむしるようにして、かたわらの椅子に折れるごとく身をなげかけた。

「銀之助、おまえのおとうさんなのだ、しかしいまは安河内家の人になっていられるのだ」

齋介が銀之助にささやいた。

「銀之助、許してくれ、お前とおまえのかあさんをふりすてて自己の栄達のため安河内家に養子にはいったこの恥知らずのおとうさんはやはり罰をうけたのだ、このおとうさんの娘は天に取りあげられてしまったのだ、そしてその悲しみのなかに十六年のこしてきたお前にあうのだ、――ゆるしてくれ、そしておとうさんと呼んでくれ」

高子をうしなった悲しみに気もよわり過去の罪に身もほそる悔いになやむかれはいま眼のあたり会いみた銀之助にせめて「父」と呼ばれたかった、――しかしそのとき銀之助はそしらぬ顔をして横をむいた。

「これ銀之助、ああしておっしゃるのだから、おとうさんと呼んでおあげ――ねえ、生まれてはじめておまえはおとうさんにあうのですよ」

浜子が涙ながらに銀之助にいいきかしたが、かれは首をふった。

「ぼくはいやだ――ぼくとおかあさんをすてて行ってしまった人なんかを『お父さん』と呼ぶのはいやなんですッ、いやだッ、いやだッ」

少年はかく叫んで涙をふりこぼした。

「むりもない、そうだわたしはじぶんの子にすら『父』と呼ばれる資格さえない者でした」

利継はしょんぼりとして、恥じいるごとく椅子に半身をうずもらせた。

「いや、しかし、この子もやがてあなたが心から父親としての愛情をかけられるのを知り、またいままでのことを悔いていらっしゃる心持がわかりさえすれば、しいずともじぶんから進んで父としてあおぎなつかしむでしょう、そのときまで待ってください」

齋介がなぐさめ顔にいうた。

「靖子が亡くなるまえこの子をだいてとった悲しい思い出の写真がございます、せめてその写真になりとあなたあってやってくださいませ」

浜子は利継にむかってこういい、次の間の扉をひらけば、壁のうえにかけられた写真の額――そこには若い母がまだ嬰児だった銀之助を膝にだいているおもかげがのこされている。

「おお靖子――」

利継はその写真のまえにひざまずいて首をいくどもさげて合掌した、そのようすを見た銀之助の心持はすこしなごやかに柔らげられたようである。

「まあ、あれが銀ちゃんの赤ン坊時代なのね、わたしここへきたときすぐ見た写真だけれど、まさか銀ちゃんとはわからなかったわ――」

杏子はその写真を見いってかたわらの銀之助とみくらべた、さすがにそのおさな顔が少年に成長したかれにも跡をとどめているらしかった。

「どうですか、銀之助もあなたの子ではあるが、すでにあなたは今は安河内家の主人であるから――この子はわたしども祖父母がもらって、娘の忘れがたみとしてたいせつにそだててやりたいのですが」

齋介はあらためて銀之助を引きとる問題をだした。

「もう、そのことについてわたしは口をだす権利もございません、――ただ銀之助が幸福になることをねがうばかりです、しかしわたしがかげながらその子のためにまことの父としてできるだけの助けにならせてください――お願いします」

利継はちいさくなって「父」として願った。

「それはもちろんです。どうぞ父親としてこの子に生涯ちからをあたえてやってください、わたしたち祖父母も責任をもってりっぱな人間にこの子をそだててやるつもりですから――」

齋介はちかった。

挽歌の巻

高子の葬儀は安河内家で盛大におこなわれた、杏子はもちろん津川夫妻も銀之助も式に列した。高子の霊前にはたくさんの美しい花輪がささげられた、そのなかにことに目だってひとつのきれいな鳥籠がそなえられてあった、その籠のなかには雪白《せっぱく》の翅をした鸚鵡が声もなくうちしずんでいた。

高子の霊をしずめる百日祭《ひやくにちさい》がすんだのち、いまはありし日の美しきおもかげは、灰と化した遺骨を安河内家の先祖代々の墓地へうずめることになり、鎮代と利継と杏子、銀之助たちも、ほかの安河内家の執事などと染井の墓地へ車をつらねた、そのとき杏子はあの白蘭花《バレエホ》の籠をひざにだいていた。

秋のつめたい露にしめる墓地に永遠に埋められる高子の遺骨をいくえにも包みましろき棺は地下を石にてたたみし安河内家の墓のなかへおろされた。おもい石の蓋はとざされ土塊《つちくれ》でしだいにおおわれてゆく――その土塊とともに母の鎮代が涙とともにまきちらす真白き花の幾輪――そしてそのうえに新しきひともとの墓標は立てられた、うら若き少女のままに世の罪も恋もなやみもいまだ知らぬ、純潔なる人生の蕾のうちにはやくも逝《ゆ》きし子はかくてふた親の涙とひとびとの嘆きのうちにほうむられた。

「高子の魂も天へかえりましたわ――」

鎮代が涙をたたえていまはあきらめになかば心静まったごとく寂しくいうた。

「高子さまのいらっしゃる天へ――この白い鸚鵡もかえしてやりましょう、高子さまの魂をしとうて天へ空へじゆうにとんで行かせましょう」

杏子は白蘭花《バレエホ》の籠を墓前において夫人の顔をあおいだ。

「ええ、そうしてくださいませな、その鳥がときおり思い出したようにあの子の名を呼ぶと、母のわたしは身をきられるようにつらくてなりません、思いきってにがしてやりましょう、あの子の追善供養のためにもなりましょうゆえ――」

夫人の賛意を得て杏子が籠の戸をひらこうとすると、銀之助があわただしくその手をとめた。

「杏ちゃん、それをはなつまえに一度ぼくのクラリオネットをきかせてやろうよ、ね、だって杏ちゃんとぼくとこの鸚鵡とは長いあいだいっしょに舞台で、あつい日も寒い日もくるしい辛いときも助けあってはたらいたんだもの、もう一生のわかれに舞台の思い出のなごりにぼくクラリオネットを吹いて鸚鵡をおどらせたいなあ」

少年らしくかれはこの鸚鵡への別れをおしんだ、杏子もまたおなじ思いであろう……。

「ええ、では銀ちゃんそうしてちょうだい、でもあなたクラリオネット持っていて?」

「うん、ぼくこれをはなすものか――」

銀之助はその言葉のごとく銀色の洋笛をわすれる間はなかった。

かれはそのクラリオネットの笛口を唇にあてて、籠へ声をかけた。

「白蘭花《バレエホ》! お別れだよ、これが最後だこの笛でおどっておくれ」

やがて笛の音は秋しずかな墓地の寂しさをやぶってひびきわたった。――その音のなかばに杏子は籠の戸をひらくや白い翅《つばさ》をうってひらりと鸚鵡はとんだ。

「花宝玉《ボアボオイユ》」

とかわいく呼ぶやくるくると羽をひらいて舞いつつ杏子の肩にとまった、――思えば一年まえ旅興行の舞台でかくのごとく白き鸚鵡は赤い支那服の肩にとまって拍手を浴びたのであった、しかし今はすでに杏子は赤い支那服をぬぎすてて新生活にはいった。また鸚鵡かれじしんも籠をはなれて自由の空にはなたれゆくのである。

鎮代も利継も津川夫妻もこのさまを見て、この少女が過ぎし日の舞台の生活をしのんで涙ぐんだ。

銀之助のかなでるクラリオネットの一曲はおわった——すると鸚鵡は杏子の肩をはなれて高く一舞いするや、いまあらたに地に立てられし亡き高子の墓標のうえに輪をえがいてまわること二度三度——呼ぶ音も悲しげに「高子さん！」と亡き美しい少女をもとむるごとく叫んでその墓標のうえに羽をやすめた。

うすら冷たい秋の微風に墓地近い寺院の境内に咲く金木犀《きんもくせい》の花の香は空だきの名香と匂うてほのかに——墓地のほとりに咲く芙蓉の花も、逝きし子の死を悲しむか、花びらもうち萎えてさびしい白露《しらつゆ》をふくみ、そのあとに立てる銀杏の一本の梢に秋の女神の扇のかなめのほころびしごとくはらはらと散る葉……いまそしてその風景のなかに一羽の白き鸚鵡は一点の雪白の雲片の舞うも似たので……

「じつに利口な鳥だな、こんなに人になれていてはせっかく籠からにがしても、また帰ってくるだろうな——」

利継は鸚鵡を見あげた、しかし、しばらくその墓標に別れをつぐるごとく、脚をとめていた白蘭花《バレエホ》はやがて高くたかく舞いあがった。銀杏の梢をこえて寺院のいらかをしたにはるかに——そして紺青の澄みわたった空のなかにとけいるごとくその美しい翅を消した……

「白蘭花《バレエホ》さようなら」

杏子は空をあおいで涙ぐんだ。

白鸚鵡、白鸚鵡、かれは生まれし南方の中国をさして帰りしか、はた二度めの飼い主たりし亡き高子の魂しとうて空へゆきしか――ふたたびそのかげは見えず、ただ、いまは主なき空しくかるき鳥籠のみのこった。

――その夜安河内家で津川夫妻も杏子も銀之助も晩餐のもてなしを受けたが、そのとき利継はあらたまって齋介と浜子にむかって、

「わたしども夫婦からとくにお願いしたいことがあるのですが――それはほかでもありません、あの杏子さんの身のうえですが、杏子さんの父上を流離の運命におとしいれたについては十分にわたしに罪があるのでして、そのつぐないのためにもこのたび亡くなった高子の身がわりとおもってわたしどもは杏子さんを安河内家の養女にして愛しそだててゆきたいのです、子を失ったわたしどものさびしい家庭もどんなにそれでなぐさめを得るかわかりません、どうぞこれはお許しねがって杏子さんをこの邸へ引きとらせていただきたいのですが、いかがでしょう――」

齋介は喜んでうなずいた。

「よろしいですとも、杏子さんの行方不明の父上のためにもまた亡くなった黛玉というお母さんの霊のためにもぜひそうしてあげてください――杏子さんにお俊さんが旅興行にでるについてこまられ、一時わたしが保護者としてお引き受けしたのですが――あなた達の娘となるのは杏子さんの幸福でもあるからよろしいと思います、ただ本人の杏ちゃんが望むならそれで万事いいが」

と杏子のほうを見やった。

「杏ちゃんどうお思いです」

と浜子にとわれて彼女ははたとこまった、津川の家もどんなに幸福な生活だったろう、そしておじさんもおばさんもこんなに愛してくだすったのに――またこんどその家をでて貴族的な安河内家の娘となるとは――すこし動きすぎるし心おじる不安もあったので――

「ね、杏子さん高子のかわりにわたしのだいじなだいじな娘になってくださいな、そしてこのさびしがりの病身なかあさんをなぐさめる子になってちょうだい」

鎮代夫人が高貴な顔にあたたかい情愛をしめして杏子のまえに椅子を立ってきてね

がった。

「杏ちゃん、あなたのけっしんはどうかな？」

心配そうに斎介はいった、杏子はしばらく返事をせずしたうつむいて考えていたが、やがて立ちあがりきっぱりとした声音でこたえた。

「わたしこっちへまいって善い娘となって高子さんのかわりに母上のおなぐさめになるような少女となりたいと思います――津川のおじさまやおばさまのお家におわかれするのは悲しいのですけれども、わたしはいなくなっても銀ちゃんがおじさまたちのよい子になっていますから……それにわたしこっちへきてもおじさまや銀ちゃんにもときどき行きあえると思いますもの……」

「もう、それはだいじょうぶだ、津川家とこの邸とは親しい仲になったのだから、ねえ、銀之助おまえもときどき杏子さんのところへあそびにおいでよ」

と利継は銀之助をかえりみていった。

「高子も草葉のかげで喜んでくれましょう――あの子が逝くまえまで、あとにのこる母の身がさびしかろうと、それを気に病んでくれたやさしい子ですから――」

鎮代夫人は涙ぐんでうつむいた――彼女にとって思い出なつかしい昔許嫁だった公

弘の忘れがたみの杏子は、やはりいとしく愛を持たずにはいられぬ少女であった——、杏子はこの第二の母を得ても心やすらかなものにそういなかった。

聖夜の巻

その年のクリスマスは安河内家の広間で盛大におこなわれた、主夫妻といまその愛嬢となった杏子が主人側で、まねかれた客は津川齋介と浜子、銀之助——それに病いいえてのち安河内利継の秘書役に見いだされて利継の事業を助けてはたらく青年、宇品弘、それからいま津川の家に足をとめて長いあいだの女優生活から身をひいて朝夕浜子から家事をおとなしくならっているお俊の五人である——お俊は昔とかわらぬ美しいきびきびしたところのある姿だが——しかしやはり上品にしとやかになった、そして彼女の指にはサファイヤの指輪があらたに光った、それはいままで彼女の持っていたものとはちがってふかい意義のある婚約の指輪だった、その贈り主は誰であろうか、それは宇品弘——彼女は津川家でそのため将来の奥さま役のお稽古にいそがしいのである、来春安河内夫妻の媒酌で式をあげ、利継のあらたに中国にはじめる事業のために、かの地に夫妻相たずさえてわたるはずになっているのだった、そのときかれら新夫婦は杏子の父のゆくえをたずねる任もおうのである。

その夜杏子は齋介たちの歌に和してみごとに讃美歌を弾いた、そのピアノは養父の利継から彼女への贈り物であった、なぜならばまえに高子が愛用していたピアノは彼女の遺言によって、緑ガ丘女学院に寄附されて風早女史に感涙をこぼさせ、生徒たちに喜びをあたえたのだったから、そのピアノのキイをたたく杏子の指にもルビーの大粒の珠がひかっていた、しかしそれはお俊のとちがってべつに婚約の指輪ではない、記憶のよい読者はおぼえていらるるであろうが、すでに彼女が東京へくるとちゅう、亡き母の形身としてはなさずに持っていたものであった、杏子が弾ずるピアノの音にあわせて銀之助がクラリオネットを吹いたことはいうまでもない、その合奏の音がいみじくも雪空の夜にひびきわたるとき、邸内の玄関に呼鈴をならすおとがした、取次ぎの者がでて行ったがしばらくすると広間の利継のもとへきて、

「もとこちらにおりました運転手の乙島がお目にかかりたいと申しております」

利継はたちあがって葉巻きをゆうぜんとくわえ、

「そうか、クリスマスのお客じゃ、こちらへお通しもうせ」

やがてしばらくするとかの運転手乙島角二がきょろきょろした顔附きで広間へはいってきた。

「やあ、よくきたね、きょうはクリスマスだ、ごちそうをしてあげよう」

すると角二は苦わらいして利継のそばへ近より、

「ぼくが今夜あなたへ売りにきたものをごらんになれば、そんなに落ちついてはいられないでしょう」

とにくにくしげにいった、しかし利継はあくまで落ちつきはらって、

「そりゃなにかね」

角二はポケットから一通の手紙をとりだした、それは黛玉から杏子のじつの父がいるものと思ってそれにあてて書かれた遺言であった、それはかれが邸内にありし日ひそかに主の部屋にしのびいって盗みだしたものである、こよいかれはその秘密をもとに主人から多額の金銭を得ようとたくらんでおとずれたのである、かれはその手紙を突きだし、

「これですよ、あなたに取っておそるべき秘密です」

ときょうはくするようにいい寄った。

利継は「ハッハッハ……」と笑いだした。

「その秘密はもう秘密ではなくなったのだよ君、あすこにピアノを弾いている少女はだれかわかるかね」

角二はろくにふりむきもせず、

「わかってます、お邸のお嬢さんでしょう」

利継は笑って杏子を呼んだ、

「杏子さん、こちらへちょっときてごらんなさい」

といわれて杏子はピアノをとめてほおえみながら利継のそばへちかよった。

「やあ、お嬢さんとちがう！」

と角二は声をあげた。

「君、高子は亡くなったよ、しかしそのかわりにまたこういうお嬢さんができたのだ、君の持っているその手紙の宛名の公弘君のかわりにぼくがこの子の父親になっただけさ」

角二はそういわれるとびっくりして杏子にむかい、

「あなたがあの赤い支那服のお嬢さんですか」

とかわった杏子のようすを眼をパチクリさせて見ていた、そういわれて杏子は角二の顔をどっかで見た顔のようだと思いだそうとしている、そのとき、齋介がなにごとかと杏子のそばへ近づいてきたが角二を見ると、

「やあ、君はいつぞや青森から上野へくる汽車のなかでおあいしたことのある人だね、そのとき君は上野へ着いてからこの杏ちゃんの持っていた白い鸚鵡をどうかしやしなかったかな」

と問うと、角二はうろたえてまごまごした。

「ハハヽヽ、君がうちの高子に貸してくれた白い鸚鵡はこの杏子からすりとったものじゃあないかな」

利継がいったとき、うしろのほうから太いバスの声がひびいた。

「こいつですよ、いつか上野で銀ちゃんをひき逃げしようとしたやつは」

と弘がじろりと角二をにらんだ、角二は首をちぢめて逃げだすように黛玉からの手紙をなげすてて扉のそとへ飛びだそうとすると、利継がうしろから声をかけた。

「ぼくもかってはは君のような小ずるい青年だったのだ、しかし人生において最後の勝利者は正義と愛だけだよ、君もこれにこりてまっ直《すぐ》な道をあゆみたまえ」

と利継は紙いれから幾枚かの札をぬいて青年の手にわたそうとしたが角二はそれを

こばんだ。

「わかりました、こんど、お目にかかるときはこんなやくざな下等な青年ではなくなっておりましょう」

というや、くるりと背をむけて角二はすたすたと、木枯しの吹く十二月の末の闇のなかに、人生の騎士のごとき姿を見せて突進した。

「利継さん、今宵は記念すべきクリスマスです。あなたのお力でひとりの若者の魂が救われたのじゃ」

そのとき銀之助は弘にささやいた。

「ねえ、いつかあの運転手がぼくを車ではねとばしたとき、降りてきてくだすったやさしいお嬢さんは高子さんだったのですね」

というと弘はうなずいた、クリスマスツリーの立てられたともしびまばゆく照りはゆる壁間《へきま》、某画伯の筆になった高子の肖像が、このまの団欒をともしびのかげから、形なきエンゼルのほおえみをもって見ていた。

聖き夜のつどいはかくして更けゆく……しかもこの部屋のまどいのなかにふしぎなものがあった。それは部屋の壁間に高子の肖像のあるごとく一隅の窓のほとりに大事そうにつるされたひとつの鳥籠であった。うつくしい鳥籠、しかもそのなかに鳥の姿はないのである――このふしぎな鳥籠はそのなかに飼わるる鳥はなきまま恐らく永遠に安河内家のまどべにとうとくなつかしき思い出のためかざられるであろうよ。

解説　白鸚鵡と二人の少女の物語

黒澤亜里子

テキスト

「白鸚鵡」は、「花宝玉《ボアボオイユ》」という名の中国生まれの少女の数奇な運命を描いた少女小説である。題名の「白鸚鵡」は、主人公の少女が「白蘭花《バレエホ》」という名の白い鸚鵡を使った奇術をすることに由来する。

この作品は、一九二八（昭和三）年に『少女倶楽部』（一月〜十二月号、大日本雄弁会講談社）に最初に連載され、多くの版を重ねてきた。今回の復刻版は、戦後にポプラ社から再刊された『白鸚鵡』（一九五二年一月）を底本にしているが、その他にも、『令女文学全集4』（平凡社、一九三〇年一月）、『春陽堂少年文庫』（春陽堂、一九三二年十二月）、『白鸚鵡』（愛文館、一九四六年十一月）、『白おうむ』（瑞穂出版、一九四八年二月）などの版がある。

『少女倶楽部』の挿画は田中良、ポプラ社版では、松本昌美（カバー絵）、関川護（さしえ）である。田中良の挿絵では、主人公の「鳳杏子」が、前髪を切り下げにした断髪に中国服の上着、褲子《カウズ》（中国のパンツ）という姿であるのに対し、ポプラ社版では、ウェーブした髪にリボンを結び、チャイナ・ドレス風のスカートという、より現代的なスタイルになっているのが時代を感じさせて面白い。

波瀾万丈の物語

「花宝玉《ボアボオイユ》」（本名は鳳《おおとり》杏子《きようこ》、以下では杏子と表記）は、上海の歌妓と日本の青年との間に生まれた少女である。母の黛玉《たいぎよく》は、かつては中国の大官の娘であり、父の公弘《きみひろ》もまた安河内《やすごうち》家という名家の婿として将来を期待される有為な青年だったが、二人は悪人たちの奸計によって離れ離れになってしまった。黛玉は、杏子とともに日本に渡り、旅回りの曲芸団の座員として各地を漂泊するが、旅の途中で病いを得て亡くなってしまう。孤児となった主人公は、母の遺書と形見の指環を携えて父を探す旅に出るが、その途上で様々な人々に出会い、ともに困難を乗り越えてゆく。

ストーリーは、天栄一座の花形女優「お俊」と主人公の杏子の義姉妹関係《シスター・フッド》を軸に展開し、安河内家の令夫人鎮代《しずよ》とその娘高子をはじめ、杏子を助ける「善人チーム」が、敵役の安河内利継や甲田弁護士、運転手の乙島《おとじま》角二ら「悪人チーム」と対決し、みごと勝利するまでを描く波瀾万丈の筋立てである。

この物語においては、珍しい異国の鳥をめぐって、主要人物以外にも様々な登場人物——福音伝道師の津川夫妻、曲芸団のクラリネット弾きの銀之助少年、正義感にあふれる青年車掌の宇品弘、緑ガ丘学院の創設者風早君子《かざはやきみこ》、現代っ子気質の女学生相良はるみ（本名政子）等々——の人生が交錯する。

安河内家の令嬢鎮代をめぐる婿争いや孤児、母娘物、探偵物、学園物などの多くの要素が取り入れられ、全体に欲張った印象だが、この作品が吉屋信子が少女向け冒険ファンタジーに新境地を開こうとした野心作であることは確かだろう。主人公が、みずからの出自を証すために運命の旅に出るモチーフや、主人公が中国人とのハーフというエキゾチックな設定は、当時の伝奇時代小説や南総里見八犬伝などの読本の系譜にも通じるものがある。

女性同士の絆

一九二六（大正一五）年の春、吉屋信子は、下落合にバンガロー風の小さい家を建て、生涯のパートナーとなる門馬千代と共同生活を始めた。当時は女性の自立が難しかった時代である。吉屋にとっても、生れて初めての自分の家を持つ喜びはひとしおだったろう。

「白鸚鵡」の連載開始は、これより一年半ほど後のことだが、作品中には、お俊と杏子の二人が、浅草のバラック長屋で姉妹のように助け合って暮らす場面が出てくる。お俊は、「わかい身そらで安芝居の女優」としてはたらく境遇だが、「わが身のふしあわせ」も忘れ、「かわいそうな孤児《みなしご》の奇術師の娘」である杏子を今日まで「袖にかばつて」生きてきた義侠心のある女性である。身寄りのない二人が一つの「家庭」を持ち、ささやかな幸せを味わうという物語の設定には、こうした門馬との共同生活の楽しさが反映していたと思われる。

この時期はまた、いわゆる円本ブームの時代である。当時は全集の印税で外遊する作家が多くいたが、吉屋信子もその一人である。一九二九（昭和四）年、新潮社の『現代長篇小説全集』の一冊に「地の果まで」「海の極みまで」が入ることになり、その印税二万円で吉屋は渡欧を決意した。「白鸚鵡」連載（十二月に完結）の途中だったが、九月二十五日に門馬千代とともに横浜を出発。ヨーロッパ滞在は約一年におよんだ。

これに先立つ、六月三十日の吉屋の日記には、「渡欧の決心いよ〳〵せまる」として、当時の心境を伺わせる次のような詩が書かれている。

私はタンクだ／黒い鋼鉄製のタンクだ／このタンクは針金のような断髪を／風になびかせて颯爽として／人生の曠野を横切る／この秋は欧洲を行き貫く／来年の秋はアメリカを突破する／そして又日本に居据るタンクだ

この時期の吉屋は、作家としても一つの転機にあった。すでに十数年前から少女小説「花物語」を『少女画報』に連載し、大阪朝日新聞の懸賞小説に「地の果まで」が当選して作家的な出発はしていたが、いまだ文壇的には認められていない時期である。「純文学にあらずば人にあらず」というジャンル間の身分差別《ヒエラルキー》が歴然としていた時代である。当時の文壇の雰囲気の中では、「少女小説」は「女子供」の読み物であり、「通俗小説」は文壇作家の「余技」にすぎなかった。

吉屋に「純文学」への野心がなかったわけではないが、帰国後は、急成長しつつある大衆メディアや、女性読者を中心とする新中間読者層の期待に応えるかたちで、「通俗小説家」としての独自のスタイルを確立していった。この頃から、吉屋の本格的な活躍が始まる。船中のノートをまとめた「暴風雨の薔薇」をはじめ、「彼女の道」、「女人哀楽」などの長編小説や「紅雀」、「桜貝」、「忘れな草」などの少女小説を精力的に発表。昭和八（一九三三）年から翌年にかけて『婦人倶楽部』に連載した「女の友情」は、吉屋人気の最初のピークを形成した記念碑的な作品となった。

大正末から昭和初期にかけての少年、少女小説

大正末から昭和初期にかけての少年少女雑誌の世界もまた過渡期にあった。「花物語」で一世を風靡した吉屋信子だが、「少女小説」の世界もまた多様化しつつあった。大正ロマンチシズムの残り香はあったが、「抒情画」の中心はすでに竹久夢二ではなく、蕗谷虹児、加藤まさを、須藤しげるら第二世代に移っていた。時代は新しい書き手を求め、少年・少女雑誌の間で、作家や挿絵画家の相互乗り入れといった現象も見られるようになっている。

たとえば、講談社の『少年倶楽部』（一九一四年創刊）は、佐藤紅緑をはじめ、吉川英治、高垣眸、大佛次郎らの大衆小説家に少年向け長編小説を書かせることで大正末から急速に部数を拡大してきた。百万部発行の『キング』に代表される大衆娯楽誌の成功で業界トップに躍り出た講談社は、『少女倶楽部』（一九二三年創刊）の長編小説にも力

を入れ、これらの人気作家に掛けもちで連載をもたせるようになる。

当時の『少女倶楽部』の誌面を見てみると、吉屋信子の「白鸚鵡」と並んで、「毬の行方」（佐藤紅緑、林唯一画）、「級の人達」〈「短所矯正同盟」改題〉（佐々木邦、田中比左良画）、「ゆふ焼小焼」（大倉桃郎、須藤しげる画）、「南海行」（大佛次郎、苅谷深隍画）が、「五大傑作長編小説」と銘打って連載されている。これらの小説家は、吉屋のような、いわゆる生え抜きの少女小説の出身ではなく、すでに大衆小説家として名のある人々である。

佐藤紅緑は、前年の『少年倶楽部』に連載された「あゝ玉杯に花うけて」の国民的な人気によってすでに少年小説界の大家の風格があり、立身出世、努力向上といった「講談社イデオロギーの中核」（佐藤忠男）的な存在になっていた。その他、ユーモア小説の佐々木邦、「鞍馬天狗」シリーズ中の杉作少年（「角兵衛獅子」）の活躍でも人気の大佛次郎を配し、「女子向け熱血小説」として大人気だった宮崎一雨の「殉国の歌」、高垣眸の伝奇時代小説「曼珠沙華」なども同時並行で連載中である。家庭、学園、冒険、熱血、推理、探偵、歴史といった様々な要素や企画を取り入れ、文字通り「面白くてためになる」多彩な誌面づくりがうかがえる。

『少女倶楽部』は、ライバル誌『少女の友』を大きく引き離す発行部数を誇り、ひと口に言えば、『少女の友』は「都会」、『少女倶楽部』は「地方」の読者をつかんでいたとされる。『少女倶楽部』は、小学校高学年から女学校の少女を読者対象とし、学業の副読本としての要素や、少女向けの手芸や家事などの良妻賢母的な実用的記事にも力を入れていた。投書欄をみると、「これはよい本だ（父母）」、「お母さんが表紙絵をずゐぶん高尚だとほめて下さいました」（一九二八年七月号）、「課外読本として理想的」、「父は曼殊沙華の月影丸びいき、母は南海行の織江びいき、兄は順子びいき、姉は葉子びいき、私と妹は杏ちゃんと一子礼子等をひいきしてをります」（同年九月号）等々、家族や学校公認の娯楽誌として広く読まれていたことがわかる。

また、この時期の読者欄で興味深いのは、投稿者の地域的な広がりである。巻末の「仲よし倶楽部」（投書欄）を見ると、「大日本帝国」の版図の拡大に比例して、樺太、朝鮮、台湾、中国各地からの投書や、北米移民地からの便りも掲載されている。日清、日露戦争の勝利を経て、「一等国」意識をもつようになった日本人の間には、「アジアの盟主」を自負する尊大な「大アジア主義」が浸透し始めていた。「俺も行くから君も行け／狭い日本にゃ住みあいた／海の彼方に支那がある／支那にゃ四億の民が待つ」（馬賊の歌)の歌詞で知られる池田芙蓉の冒険小説「馬賊の唄」(『少年倶楽部』、一九二五〈大正一四〉年から連載)が、高畠華宵の挿画で大ヒットし、少年たちの「大陸雄飛の夢」を掻き立てた時期である。

軍事冒険小説といえば、押川春浪の「海底軍艦」を淵源とするが、その系譜を受け継ぐ宮崎一雨は、「忠君愛国」を基調とした少年、少女向けの「熱血小説」や近未来小説を数多く手がけ、大正から昭和初期にかけて絶大な人気があった。宮崎は、前掲の「殉国の歌」(一九二七～二八)の他にも、「老将軍の娘」(一九二三)、「炎の大帝都(「征空万里」と改題)」(一九二四)、「幽霊島」(一九二五)等、少女を主要人物とする探偵、冒険小説を『少女倶楽部』に発表し、熱烈な少女読者を獲得している。

こうした時代の雰囲気は、「白鸚鵡」にも反映している。「白鸚鵡」の主人公が中国人の歌妓と日本人の父との間に生まれたハーフであることをはじめ、少女の祖父が辛亥革命(一九一一～一二年)で革命軍の元将を助け、内乱の戦場で死んだという設定や、白鸚鵡をめぐる波乱万丈の展開などがそれである。吉屋はこの作品において、これまでの作風から一歩踏み出し、冒険、スリル、サスペンス等々の要素を含み込んだ、よりスケールの大きな物語展開をねらったと思われる。

日中戦争へと続く大陸侵略の予兆はすでに現れつつあった。折しも、吉屋信子と門馬千代が欧州旅行に出発する数か月前には、馬賊出身の軍閥、張作霖の爆殺事件（一九二八〈昭和三〉年六月四日）が起こっている。吉屋らは、途中まで山高しげりらの「鮮満視察団」に同行し、事件後に奉天で張作霖の息子の張学良にも面会している（「吉屋先生からのお便り」『少女倶楽部』十二月号）。松岡洋右の帝国議会における「満蒙は日本の生命線」発言（一九三一〈昭和六〉年一月）、同年九月の「満州事変」、翌一九三二年の第一次上海事変と、次第に戦争の足音は近づいていた。

少年少女小説の世界においても同様である。宮崎一雨あたりまでは、まだ想像上の冒険ファンタジーの要素があったが、阿武天風や山中峯太郎ら軍人出身の作家が登場するようになると、「満蒙独立」の侵略的なイデオロギーを鼓舞するリアルな軍事冒険小説が描かれるようになってくる。

「白鸚鵡」という表象

主人公「花宝玉《ボアボオイユ》」とともに、この作品の重要な脇役に「白蘭花《バレエホ》」という名の白鸚鵡がいる。異国の珍しい「白鸚鵡」をめぐって人々の運命と欲望が交錯するこの物語においては、女主人公以上にこの鸚鵡が物語の大きな役割を担っている。

戦後のポプラ社版のまえがき（「読者のみなさまに」『白鸚鵡』、一九五二年一月）の中で、吉屋信子は「この作品はわたしが中華民国に旅行して、あの国にある風俗や女性の美しさを知ったときの幻想を土台にして書きました」と書いている。しかし、吉屋が実際に中国大陸を旅行したのは、「白鸚鵡」連載中の一九二八（昭和三）年秋のことである。先述のように、吉屋は同年九月に日本を出発し、途中まで山高しげりらの視察団に同行しているが、年譜その他の記述からも、これ以前に吉屋が中国を旅行したという事実は確認できない。

吉屋信子は、すでに『花物語』所収の「水仙」の中で、中国の古い城址にたたずむ精霊のような少女の幻想を描いている。ただし、これは中国のエキゾチックなイメージに着想を得て書いたものであり、今でいえばハイ・ファンタジー（異世界）的な道具立ての一つだったと思われる。当時は、大正ロマンチシズムの影響で、エジプトからヨーロッパ、アラビア、ロシア、中国、インド、日本の古代にいたるまで、さまざまな「異国情緒」のモチーフが雑誌の口絵や画集に好んで描かれていた。

「白鸚鵡」もそうした意匠の一つである。白い鸚鵡は、オーストラリア、ニュージーランドなどの南太平洋地域が原産地とされるが、作品中では「南方の中国」となっている。南蛮船（オランダ）や唐船（中国船）によってもたらされるところから、孔雀などとともに「唐鳥」として十七世紀以来珍重されてきた。本来「白鸚鵡」は美人画の伝統的モチーフで、楊貴妃の「雪衣女」、「楊貴妃教鸚鵡図」や白居易の「雪月花時最憶君」の一節にもあるという。すでに江戸時代から伊藤若冲「鸚鵡図」、その他の画題となり、明治には白馬会の洋画家、矢崎千代治「教鵡」（明治三三年九月）、鏑木清方「嫁ぐ人」「鸚鵡」（明治四〇年）など、さまざまな意匠が描かれるようになっている（今橋理子「白鸚鵡と美少女（上）―鏑木清方《鸚鵡》と《嫁ぐ人》」『学習院女子大学紀要』17号、二〇一五年三月）。

「白鸚鵡」は、「人との交わり」やそれにまつわる思い出を象徴的に表す意匠とされ、近代日本ではこのモチーフが「恋」「婚礼」の意味へと転じ、さらに「美人画」から「少女」の主題へと転じたとされる（同前）。吉屋信子は、こうした白鸚鵡のモチーフを受け継ぎながら、登場人物の運命を繋ぐ絆の象徴として時代の文脈の中で生かそうとしたのだと思われる。すなわち、白鸚鵡を介して運命的な糸で結ばれる日本と中国の二人の少女の物語である。

作者が、中国の社会状況に強い関心と同情をもっていたことは、杏子が津川夫妻に連れられて、女学校の口頭試問を受ける場面からもうかがえる。杏子は、日本の風俗や生活に不慣れで、正規の学校教育も受けていないため、最初は校長の質問に戸惑いを見せる。しかし、ベルギーの「国難」についての新聞記事を示されると、見事に読みこなして大人たちを感心させる。この記事は、直接に中国に言及したものではないが、被侵略国としてのベルギーの歴史の描写が、欧米列強による植民地侵略の脅威にさらされた当時の中国の社会状況を連想させる内容になっている。

二人の少女は、全く対照的な人生を歩んできた。中国生まれの杏子は、不幸な生い立ちのために多くの苦難を経験し、一方の高子は、日本の安河内家の令嬢として大切に育てられながら、病弱で幸うすい少女である。こうした境遇の違う二人の友情は、吉屋信子ファンにはお馴染みの設定であるが、同時に古典的なモチーフでもある。いわゆる「人生交換」ものは、すでにイソップ寓話から海彦、山彦にいたるまで多くのバリエーションがあり、「白鸚鵡」連載が始まった前の年にもマーク・トウェインの『王子と乞食』（村岡花子訳、平凡社、昭和二年）の翻訳が出ている。

孤児となった杏子は、父を探す旅の中で出会った親切な福音伝道師の津川夫婦をはじめ、多くの日本の人々の善意に支えられて、最後には幸福な人生をつかむ。杏子の難を救った好青年（宇品弘）の「世界中人間同志はみな兄妹という真理をふかくさとりましたな」という言葉は、そうした作者のキリスト教ヒューマニズムの立場をよく表している。

歴史の亀裂

ただし、ここでの「四海同胞」という人道主義的な理想には、いくつかの留保が必要だろう。「白鸚鵡」という物語の枠組みは、このテクストが書かれた一九二八（昭和三）年という時代背景を抜きにしては語れないからだ。

先述のように、日中戦争の予兆はすでに現れつつあった。多くの日本人が大陸雄飛に夢を抱き、アジアを一つの家族とみなす「五族協和」や「大アジア主義」の言説が、現実感をもって浸透し始めていた時期である。昭和初期にはまだ自由主義的な風潮が残っていたが、「一等国民」である日本人が「支那の四億の民」や「満蒙の独立」を助け導くという筋立ては、少年少女雑誌においても大人気だった。

こうした時代背景のもとで、「亜細亜」が家族や血縁、婚姻のメタファーでさかんに語られるようになってくる。「白鸚鵡」においても、安河内夫妻の媒酌で婚礼の式をあげた宇品青年とお俊が、中国で新たに事業を始めるために夫婦相たずさえて大陸に渡るというエピソードが出てくる。また、杏子は、一人娘を亡くした伝道師夫婦に引き取られ、最後には早逝した令嬢高子の代わりに安河内家の「養女」になる。

うがった見方をすれば、こうした物語の枠組みは、当時の多くの日本人の中国観、アジア観からそう離れてはいない。たとえば、福音伝道師の津川夫妻が、中国生まれの杏子に近代教育を受けさせ、ピアノを弾かせたり、モダンな制服や帽子を買ってやったりと、「実の娘のように」いつくしむ行為もその一つである。この行為が老夫婦の善意から発したものであることは疑えないとしても、同時に、遅れた中国の近代化を「助け導く」という、同時代の日本人の植民地的な心理範型と重なって見えてしまうこともまた否めない。

先述のように、吉屋信子は、少年小説の要素を取り入れ、新たな少女ヒーローを主人公として、日中を股にかけたスケールの大きな作品を書くことを考えていたのだろう。「吉屋先生は、他の少女雑誌は全部ことわって、此の「白鸚鵡」のために全力を注がれている」（『少女倶楽部』昭和三年一月号）、これまでの作品の中で一番の自信作（同四月号）などの消息欄の記事からも、作者の意欲が伝わってくるが、その意図は必ずしも成功していない。

まず、日中のハーフという設定が、杏子の人物像《アンデンテイテイ》として具体的に生かされていないため、少女主人公としての魅力に欠ける。特に彼女が中国服を脱ぎ、「日本人」として生活し始めてからは急速に存在感が薄れてしまうのは残念である。年齢が現在の中学生くらいの設定なので、あまり超人的な活躍は無理としても、鸚鵡の奇術を鮮やかに披露する場面くらいは欲しいところだ。ストーリー展開の上でも、祖父を探しに大陸に渡り、死んだと思われていた父の公弘が生きている可能性を匂わせる箇所もあり、作者には別の構想があったのかもしれないが、連載途中でパリに出発したことも手伝い、後半は慌ただしく終結を急いだ物足りなさが残る。

令嬢高子は、「白鸚鵡」の最初の主である杏子に出会えないまま亡くなり、杏子が安河内家の養女となるところで物語は閉じられる。杏子と高子という二人の少女を取り結んだ鳥は、物語の最後で籠から放たれ、空に消えてゆく。「かれは生まれし南方の中国をさして帰りしか、はた二度めの飼い主たりし亡き高子の魂しとうて空へゆきしか――ふたたびそのかげは見えず、ただ、いまは主なき空しくかるき鳥籠のみ」という結末である。

「日中の架け橋」として造形された二人の少女の間のギャップは、「白鸚鵡」の不思議な力によって昇華されたのだろうか。鸚鵡は謎と同義である。鸚鵡は問えども応えず、コインの両面にも似た双子のような二人の少女の「絆」もまた、実人生の上では成就しない。物語はかろうじてハッピィエンドに終わるが、その後の時代の帰趨をみれば、現実の歴史の亀裂は深いというべきだろう。

一方、作家としての吉屋は、この時期から大きな飛躍を遂げる。動物を魅力的な小道具として使う設定は、「紅雀」（『少女の友』一九三〇年一月―十二月）におけるキッドの乗馬靴の「凛々しい」少女ヒーローの造形に生かされ、「女の友情」（『婦人倶楽部』、一九三三〈昭和八〉年一月―翌年十二月、続篇、一九三五年二月―十二月）は、文字通り吉屋的な「女性共同体」と封建的な男性社会との戦いを描いた痛快なドラマとして一時代を画する大ヒットとなった。

「女の友情」が村田実監督（松竹）で映画化された一九三五（昭和一〇）年には、「一つの貞操」（野村浩将監督、松竹）、「愛情の価値」（佐々木恒次郎監督、松竹）、「花物語・福寿草」、「花物語・釣鐘草」（川手二郎監督、新興キネマ）、「三聯花」（田中重雄監督、新興キネマ）など、吉屋作品を原作とする映画が次々と封切りになり、大衆映画の世界に「女性映画」という新しいジャンルが生まれた感さえあった。吉屋はまさに、時代の寵児となったのである。

今回復刻される「白鸚鵡」は、こうした過渡期の吉屋信子の作風の変化を知る上できわめて重要な作品である。既刊の全集に未収録のテクストであり、一般の読者が入手しにくいという点でも貴重な企画であるといえるだろう。

黒澤亜里子（日本文学）

＊本書は、『白鸚鵡』（ポプラ社・1952年刊）を底本としました。
＊今日の人権意識に照らして不適切と思われる語句や表現については、
時代的背景と作品の価値をかんがみ、そのままとしました。

白鸚鵡　吉屋信子少女小説集 3
2018年2月1日初版第一刷発行

著者：吉屋信子
発行者：山田健一
発行所：株式会社文遊社
東京都文京区本郷4-9-1-402　〒113-0033
TEL: 03-3815-7740　FAX: 03-3815-8716
郵便振替：00170-6-173020
装画：松本かつぢ
装幀：黒洲零
印刷：中央精版印刷

乱丁本、落丁本は、お取り替えいたします。
定価は、カバーに表示してあります。

　ISBN 978-4-89257-133-6